人 间 小 满

夏红卫　著

北京日报出版社

图书在版编目（CIP）数据

人间小满 / 夏红卫著． -- 北京 ： 北京日报出版社，
2025．3． -- ISBN 978-7-5477-5113-8

Ⅰ．Ⅰ267.1

中国国家版本馆CIP数据核字第2025BW1926号

人间小满

责任编辑：秦　姚
出版发行：北京日报出版社
地　　址：北京市东城区东单三条8-16号东方广场东配楼四层
邮　　编：100005
电　　话：发行部：(010) 65255876
　　　　　总编室：(010) 65252135
印　　刷：三河市中晟雅豪印务有限公司
经　　销：各地新华书店
版　　次：2025年3月第1版
　　　　　2025年3月第1次印刷
开　　本：710毫米 × 1000毫米　　1/16
印　　张：12.5
字　　数：110千字
定　　价：69.80元

目　录

如果，有醒不了的梦，
一定要去做，因为它是幸福。

夏天
做一个勤奋的人

需要这样一个日子，

称体重；

也许永远称不动的，

是牵挂的重量。

◎ 立夏

昨晚戌时，天黑黑的，河浅浅的。听完广播里评书《岳飞传》"第六十四回牛皋拜花堂"，我才懒懒地爬上床。

一夜间，屋前的池塘涨满水。铺天盖地金灿灿的油菜花，消失了。坐于门槛，睡眼惺忪，我挠着头。

池塘可是村庄的眼睛，一双神秘的眼睛。它是动植物的天堂，那些有名无名的生命，一代代在此繁衍和成长。它更是孩子们寻觅和探索的自由世界。

奶奶这一辈子，爷爷说个丁，她会当个卯。但为填池塘的事，跟爷爷拌了几次嘴。奶奶劝道："老头子，庄心王瞎子说，屋前有个塘，水淹少儿郎。"爷爷赔笑："屋前挖块塘，财聚人丁旺。咱老夏家就指望这块风水塘了。"

"风水"，八卦里的坎卦和巽卦，坎为水，巽为风。村落里，所有主屋坐北朝南，两侧是厢房。后山墙扛寒气，堂屋门迎暖阳。

屋檐下，一条粗壮的青色身影，拱出松软的泥土。此蚯蚓有臊味，钓鱼作饵，鱼儿厌之，但鸭子特喜。世间万物，憎爱有别。

"笃笃笃"，这是最最讨厌的声音。顶西墙的榆木方桌，父亲正襟危坐，捏紧拳头，右手的大拇指与食指弯曲，形如拐角的生姜，俗名"生姜拐"，有节奏地敲击桌面。我缓缓地挪动屁股，站起来。（每一匹新驹都不喜欢给它套上羁绊的人——苇岸）

做民办教师的父亲，他的"生姜拐"除了凿黑板，还有学生们的脑袋。那年代，乡村崇尚"暴力教育"。用当村支书的大伯的话来形容：先生的地位比天大，比地大，不比县城的干部差。村里人都认为，先生凿学生天经地义，打死人不偿命。

爷爷捧粗瓷碗，仰脖子，漫不经心念叨，怕是要下雨了！父亲粥碗一搁，走到院内，点点头，立夏不下，犁耙高挂。两只芦花鸡停止寻食，晃晃鸡冠，竟然也斜视着天空。我手遮凉棚，怔怔地看了会儿，一句话也没说。

天的晴阴决定村落大小人丁一天的事务，决定庄稼丰产和歉收。如果乡村失去四季，乡人麻木冷暖，天空失去真正存在的理由，这世间将会变得无比可怜与忧伤。

"泥新巢燕闹，花尽蜜蜂稀。"母亲惊喜地唤道："小满，小满，快来望，燕丫头做妈妈了。"堂屋中梁椽的燕巢里，怯怯地露出几只毛茸茸的小脑袋。母亲除了疼爱燕子，还有巷子拐弯口吴先生家的女儿吴琦，小名"玉丫头"，母亲整天把"玉丫头好""玉丫头乖"挂在嘴边。

吴先生不是教书的先生，是帮人看病的先生。眼镜酒瓶底般厚，一口普通话。看病，不打针配药片，一小扎粗细长短不一的针，号称"一根银针治百病"。一村的孩子，远远地看见他，就没命地逃。

玉丫头瘦瘦的，脸比纸白，上课跟我同板凳。马尾系粉红色绸缎蝴蝶结，快走个二三十步，宛若蝴蝶般翩飞，气却不大喘得上来。哪像我，从东头疯到西头，小腿肚子胀得疼，夜里倒铺便睡。第二天，奔起来还是风一样的速度。

玉丫头功课好，考试全是满分。我脑袋瓜子大，可算术总出错。母亲说玉丫头是我学习的榜样，而我标榜体育好。其实体育的概念是什么，没有人清楚。

自夸的结果，每天上下学，要帮玉丫头背书包。黄书包，挎左右肩。脚步生烟，玉丫头远抛身后。书包撞击两片屁股，一搭一跳。那些被父亲"生姜拐"凿过的学生，私下笑我"官老爷打屁股"。

今天，玉丫头还没喊我去上学。

每次都是玉丫头手扶木门框，探着头冲着院内脆脆地喊，大伯大妈早上好，夏爹爹夏奶奶早上好。我大活人一个，她却看不见似的。

奶奶满脸笑。母亲丢下活计，双手在蓝色围腰上擦擦，走到玉丫头跟前，问这问那。趁她们说话的工夫，我把作业本揣入书包。母亲帮我整整歪着的衣领，把玉丫头的书包挎在我身上，叮嘱我慢点跑。

母亲差不多嘱咐了一辈子，讲的话大同小异。天下的母亲为什么都喜欢一遍遍地嘱咐，也许这就是禅宗常常讲的"婆心"吧，弥足珍贵。

门口，学生们脱去臃肿的棉袄，仨俩结伴勾肩搭背地走过。草木灰和河泥和成的泥饼，经过半年的风晒，肥得狠。奶奶坐在矮凳上，小心翼翼地分拣泥饼里的豇豆、扁豆等种子。

母亲往我裤袋里塞了个东西，摸摸，暖暖的，是鸡蛋。母亲说，今天立夏，煮两个鸡蛋，一个给你吃，一个给玉丫头。

学校在村外。旷野里，麦穗半青半黄。站在高高低低的田埂上，我睁着小眼睛遥望空中的蚕豆花，蚕豆花终于长出细细的青豆荚。"蚕豆开花哄煞人"，开了谢，谢了又开。随手摘一角剥开，嫩嫩的，涩涩的味道。

板凳空着，玉丫头一直没来。鸡蛋被我抚摸了无数遍，蛋壳都快碎了。

中午，父亲刚踏进家门，母亲就急促地把他拖进里屋。依稀听到省城、医院、玉丫头，还有白血病的语句。

燕丫头来来往往，哺食。母亲曾好事，捉昆虫放于燕巢边。燕丫头要强，每次都义无反顾地把昆虫叼走。母亲眼睛红红的，喃喃自语，俩丫头一样就好了。

整个下午，我都恍恍惚惚的。天底下，有血液变白的怪事？还有吴先生治不了的病？先生们黑板上书写的大大小小的字，演变成吴先生长长短短的银针。

一眉新月，怯怯的，好像有些怕人。过堂风，凉凉地吹。吴先生家黑灯瞎火，我去大伯家"称人"。大伯家的东厢房挤满了人，一杆橡木大秤系着粗麻绳悬于房梁之上。

"立夏秤人轻重数，秤悬梁上笑喧闺。"去年此时，吴先生领着我和玉丫头，兴高采烈地去"称人"。庄上人看到吴先生都很客气，吴先生你先来，你先称。

也许乡人不熟读孔子"礼乐"之道，但乡人温和，懂谦让，尽孝悌，守忠信，循礼智，履仁义，知廉耻。品德不是一朝一夕之事，是一代代言传身教，传下来的好东西。当今世道，有多少人愿意停下奔跑的脚步谆谆教诲；又有多少人愿意打开忙碌的耳朵静心聆听？

玉丫头双手吊住铁秤钩，大伯打秤花，刻满老茧的手掌从里往外，从小数往大数打。唱道："去年二十九，今年三十二；秤花打三格，明天要请客。"吴先生咧开嘴，给大家分过滤嘴金丝猴牌香烟，得意极了。

我接着称，也长了六斤。吴先生修长的中指推推镜框，说快活话："小满一年要吃一千顿，粮食都吃哪儿去了？"

有人起哄："夏小满夏小满，肥头大耳脖子短，吃饭一年一箩筐，厕屎一年一粪缸。"我的脸"噌"地红到颈脖，玉丫头羞羞地笑，左脸的酒窝甜甜的。大人们捂着肚子，哈哈哈，欢快的笑声飘过单格花木窗户，越飘越远。

排队，称人，玉丫头的鸡蛋仍在右裤袋里。没人在意我的裤袋，也没人笑话我的体重，橡木秤闪烁着深红色的幽光。

走在回家的青砖巷里，整个村庄空荡荡的。谁家闹觉的幼儿，呜哇呜哇地哭，给人一种莫名的失落和惆怅。奶奶说，凡间八种苦——生、老、病、死、爱别离、怨憎会、求不得、五阴炽盛。我属哪种？"咕咚""咕咚"，村外传来麦子灌浆的声音。

枇杷黄，桑枣红，

油菜籽裂开了嘴。

初夏的风吹啊吹，

不浓不淡，往后余生的暖。

◎ 小满

"麦黄草枯""麦黄草枯"，清脆的声音，四个音节一组，周而复始。由远到近，又由近到远。一只灰黑色鸟儿的孤影，天空下远远的啼鸣。说来遗憾，鸟儿的真面目一直没见过。

爷爷披着中山式黄褂子，碎碎叨叨，做天难做四月天，做场，割麦，脱粒，扬场，平田，栽秧。爷爷舒心的时候，会眯起双眼。喝酒的时候也是。

我问："眯眼睛能看见什么呀？"爷爷抚摸我的头："小满啊，眯上眼睛，你想什么它就来什么。"我赶紧闭上眼，一片漆黑，什么也没有。我深深地吸了口气，清甜的麦香从四面八方涌来，势不可当。（什么人富裕？知足者富也。）

"夏小满，夏小满。"发小礼官木桩似的，立在大门口，喘着气。按辈分，我长他一辈。姜家庄，巴掌大的庄子，手指长的巷子，全村十之八九都姓夏。高高耸起的祖坟，立于"河塘地"临水朝南的第一排。

（郭文斌在《记住乡愁，就是记住春天》中写道，但凡兴旺的家族，都在像守着生命一样守着这些家谱、祠堂、祖训。）

礼官把我拽到墙角，敞开口袋，神秘兮兮地说道："本大人的，尽管拿。"一颗颗淡黄色的枇杷果。"五月江南碧苍苍，蚕老枇杷黄。"

礼官家三间青砖红瓦房，依塘港河而建。屋后东南角一株老枇杷树，树冠葳蕤过顶。枇杷叶面宽大，边缘锯齿状；小白花五瓣一朵，一簇簇的。据说是他爷爷的爷爷所栽。

他爷爷"仁"字辈，白头发、白胡子、白外衣，宛若白胡子老头的神仙。一年四季咳，说话咝咝地响，从来不认为自己有病。

他不种地，村口摆一半桌一交椅。四只深红色木质糖盒，光洁沉手，置薄荷糖、芝麻糖、圆珠糖和老鼠屎糖各一。半盆免费的白开水，放糖精。小摊，快乐的地方，村里的孩子们呆头呆脑地一围半天。

袖口揩去枇杷白色绒毛，剥去皮。入口，酸涩，有苦味。忽而念起《项脊轩志》："庭有枇杷树，吾妻死之年所手植也，今已亭亭如盖矣。"

礼官歪着头疑惑地问："难吃？"枇杷秋阳养霜、冬季开花、春天结果、夏日成熟，可是"备四时之气"的好东西。天晓得他满嘴跑火车的鬼话从何而来。

他口中塞颗枇杷。我问道："你是不是馋鬼投胎，急吼吼地摘早了？"他嘴巴一张，三四枚滑溜溜的枇杷核飞向我的脑袋。

"枇杷熟透跟灯笼似的，喜鹊、麻雀和白头翁，叽叽喳喳地来了。风一吹，全落地。本大人告诉你，想吃也没得吃了！"

巷子里人影幢幢，一片"嚯嚯嚯"声。十个靖哥哥在练"降龙十八掌"，九个蓉儿挥舞打狗棍。母亲交代揉油菜籽的活儿，跟先生布置的作业同样重要。

田垄两侧的菜籽荚，青黄半熟时节，母亲连根拔起。晚归时一把挑叉，两捆菜籽秸，晃悠晃悠地担回家。如果菜籽荚熟透了，一旦受震动，"啪啪啪"开裂，洒落地面无法捡拾。

两三个艳阳天一照，塑料布上的菜籽荚就裂开了嘴。揉菜籽只能用手掌去捻，或用木棍敲。母亲不允许我们用脚板去踩，说这是对食物的不敬，响雷会打头。

（吃饭掉米粒，响雷会打头；回长辈嘴，响雷会打头；

拾东西不还，响雷会打头……乡土社会，道德是乡人们心中永远的一杆秤，一把枷锁。）

揉下来的油菜籽，一个个黑黑的小颗粒，圆圆的泛着亮。别小看这油菜籽，十斤可换三斤三两香喷喷的菜籽油。无数个清淡的日子，从此变得有滋有味，生活便充满诗意和生机。

庄西头的二秃子院里有两棵桑树。二秃子光头，远看像只瓢。桑树枝繁叶茂，果实累累。他把桑枣当作宝，夏吃鲜，冬泡茶，从不肯外人摘。邻庄的小外甥屁颠屁颠地来了，也仅能解解馋。

二秃子是根鞭炮捻子，一点就着。嗓门大，咒骂声能传几条巷子："哪个细猴子，被我逮到，打断他的狗腿，掐断他的小鸡鸡"。他越吝啬，越是激发孩子们叛逆的欲望。谣传二秃子家的桑枣，不但明目生黑头发，而且滋阴补血壮阳补肾，包治百病。桑树韧性好，孩子们骑在树枝上荡漾，大快朵颐后满载而归。他家半人高的土院墙，快被爬塌了。

"夏小满，夏小满"，二秃子不在家，有人去摘他家的桑枣子。礼官朝我努努嘴："肯定是庄河北的夏小满，好吃跑三里。"一溜的脚步声，消失在巷子岔口。

村子里，跟我同名同姓的有两个人。一个长我一岁，一个长两岁。父亲做先生，我上学早。比我长两岁的那个人留了一级，于是三年级有了三个叫"夏小满"的学生。

教三年级课的先生，也姓夏，"义"字辈。语文数学他包班，还包括自习课讲故事。高瘦，清癯，脸膛黑，山羊胡子，一肚子的好故事，永远讲不完。

课堂上，回答问题，刚开始一喊"夏小满"，"哗啦啦"三人争先恐后。后来喊"夏小满"，大眼瞪小眼，没人起立。同学们咯咯地笑。

夏先生苦思冥想，于是按年龄大小分，"夏大满""夏中满"和"夏小满"。课堂安静了，家长们不满意，纷纷去请庄心王瞎子。

王瞎子两间草房加一院，门前有座木板桥，一年四季清水流。大门粗竹制成，右门框上写着"拜佛念经刻菩萨"，左门框上写着"算命打卦看风水"。庄上传，王瞎子前世是和尚。

王瞎子于蒲团闭目静坐，掐指，嘴中念念有词。贰角钱，一炷香，父辈们请回承载着希望和憧憬的一张窄纸条。夏大满，更名夏书满；夏中满，更名夏银满。姓名如同一盏灯，照亮着家庭，乃至整个家族的未来。

奶奶领我去更名，王瞎子碰巧外出望风水。爷爷摇摇手，不改了，小满小满喊起来顺口，再说了，小满小满小得盈满，不求大富大贵，刚刚好就成。

夏书满，没读几年书，初中毕业开铁船跑运输，现于都市开足疗店，生意异常地好。夏银满，小学没毕业，跟在他舅舅后面学瓦匠，嫌苦，去学木匠，一年不到，又转行学漆匠。如今庄内开间杂货铺，几张麻将桌，夜夜一屋子的闲人。我呢，苦读十五年书本，求得份不温不火的职业，蜗居小城。

风从巷子深处吹进，在院内转着圈。小满节气暖洋洋，不热也不凉，鸡忙碌了一天，蹲在窝中鼾鼾睡去。偶尔，三两声狗吠，引得阿黄竖起耳朵，一声高一声低呼和。

一灯如豆，我摇头晃脑地诵读《菜根谭》："花看半开，酒饮微醉，此中大有佳趣。若至烂漫酕醄，便成恶境矣。履盈满者，宜思之。"

屋檐下，"唰唰唰"，父亲有节奏地晃动臂膀，磨石上的镰刀越发铮亮。爷爷燃一根烟，眯着眼。

忙，忙，忙，

播种甜蜜，收获希望。

全世界都是你的味道，

粽儿香。

◎ 芒种

如果说芒种是乡村的一场征程，那么忙假，则是吹响征程的号角。

忙假，七个白天和黑夜，一百六十八个时辰。乡人们走路带着跑，我们这些"细猴儿"耳濡目染，也跟着忙。父亲自嘲，忙假忙假，休息是假；腰杆折两段，肉掉三斤半。古人道，百无一用是书生。父亲却用行动，给乡村教书的先生们重新诠释了一种定义。

稻黄半月，麦黄一夜。天蒙蒙亮，镰刀、草帽和凉茶，父辈们整装待发，踏露而出。母亲掩门前，推推酣睡中的我，小满啊，早点起床，烧锅水，把锡茶壶装满，跟"草萋子"（稻草做成的萋子）一块送下田。淘四碗米煮饭，炖俩鸡蛋。我迷迷糊糊地应答，侧身又进入梦乡。

"喳喳喳"，麻雀聒噪着。院子里空空的，阿黄不见了，池塘边芦花鸡正领着小鸡仔捉虫子。小家伙们红的绿的染着色，犹如一个个绒球玩具。西墙角清明时节母亲栽种的丝瓜，沿着麻绳攀爬，藤藤蔓蔓捷足登于院墙。

三两口，一碗小米粥，两筷老咸菜。洗碗，刷锅，烧水。"轰"的一声，灶塘里稻草的火苗映红我的脸。炊烟缕缕，缓缓摇升。炊烟是我的旗帜，更是芒种的旗帜。

水开了，掀开木锅盖。拎起淘箩，我奔向水码头。河水清清，漫过脚踝，小鱼儿围上来左叮右咬，痒痒的，忍不住要发笑。没工夫理会和嬉戏，我可是芒种的人。

灶房弥漫着米饭的香味，搪瓷盆沿磕两枚鸡蛋，加冷水过半，滴菜籽油，小半勺盐，用筷子使劲搅，呈漩涡状。屋檐头随手掐三五根小青葱，洗净，不用刀切，三拽两扯撒漩涡上。搪瓷盆置于饭锅中心，我又往灶膛添把稻草。

村外的太阳像火球，明晃晃的刺眼，真后悔忘记了戴草帽。几个光脑袋的学生，擦肩而过。"妇姑荷箪食，童稚携壶浆"，香山居士笔下的童稚们，是否如我们一般头顶晒得冒油？

桑木扁担，一头锡茶壶，一头"草蒌子"。扁担左右肩轮换，原来门后的扁担和肩上的扁担是完全不同的两种概念。

站在依河的大圩，小南风悠悠地吹。俯瞰，株株麦穗齐刷刷地立着，好似怒发冲冠的士兵，气势磅礴，一望无际。小麦秋种冬长，春秀夏熟，为五谷之贵物。

拐下大圩，汗水源源不断地顺着额头流入眼角。眼睛快睁不开，揉揉，痛，不知是汗水还是眼泪涌了出来。分不清哪条田埂通往熟识的责任田"夏家嘴子"（五亩七分地，乡村每个田块都有俗名，跟人名一样）。提高嗓门，"姆妈、姆妈"地嚷。许多弯腰的身影慢慢站直，张望，一只手臂朝我挥动。

田头的苦楝树下，爷爷敞开肚皮，牛饮般灌水，夸我是水泊梁山及时雨——宋江。巨大的荣耀和幸福感，让我忘却了所有委屈与疼痛。抬头，天空瓦蓝瓦蓝的，苦楝树挂满淡紫色的花。

父亲依旧躬身割麦。镰刀贴地面划向麦子，割一小把，镰刀顺手夹腋下，双手一分，麦穗头方向相反，一拧，打成"葽子"，地上一铺。左手握麦束，右手挥镰，"嚓嚓嚓，嚓嚓嚓"。两三镰合为一抱，放于"葽子"。两抱过后，双手紧握"葽子"，拦腰一扭，一只麦捆儿便完成了。

父亲像位叱咤风云的将军，挥舞着长剑，士兵们一片片撂倒又前赴后继。我疑问，"怎么割不到尽头呀？"爷爷用拳头捶捶后背，"快了，快了！"割麦抬头望一望，两眼发酸心底慌；割麦埋头忍一忍，馒头烧饼随你啃。

大伯的田块不远，我自告奋勇送"草葽子"。坚挺的麦茬散发出湿润的草香气息，踩上去崴脚。太阳肆无忌惮地炙烤着大地，我体会到什么是"足蒸暑土气，背灼炎天光"，什么叫"一粒粮食一滴汗，粒粒都是金不换"。那位古代的陆老先生说得没错，"纸上读来终觉浅，绝知此事要躬行"。

晌午时分，乡人们找块阴凉，舒展一下腰，休整休整。更主要的是麦秸焦了，一捆就掉穗儿。大家下午都用"草葽子"捆。父亲晌午不休息，跟时间赛跑，收麦如救火，落雨烂麦场。更不用"草葽子"，麦穗儿遗落许多。

农谚曰："割麦栽秧两头忙，官家小姐出绣房。""老姑娘"系黄头巾，挎竹篮，拾麦穗儿来了。"老姑娘"，外婆家对门的小脚女人。独姓，无亲无友，两间草屋，一尊香炉一盏灯。

"老姑娘"快六十的人，瓜子脸，小耳垂，梳着光亮的发髻，插一头尖一头宽的铜簪。无论冬夏都是灰衣黑裤，目光永远柔和慈祥，难得听见她说话。"老姑娘"弯腰拾麦穗，偶尔抬头冲着家人的背影，含笑。（多年后，看到法国画家米勒《拾穗者》那幅布面油画，三个农妇，红、黄、蓝三种不同颜色头巾。我不由地想起"老姑娘"的微笑，包含多少虔诚和感恩、谦卑和隐忍。)

中元节，家家祭祀祖先。"老姑娘"登门，送一百零八根十五公分长的麦秸。精心挑选的金黄麦秸，中空，粗细一致，裁剪整齐。小声交代，她念过《心经》了，一根一根念的。奶奶甚是欢喜，悄悄告诉我，听过经的麦秸胜金条。只要孝顺，祖宗们就会保佑我们。奶奶信佛，信菩萨。我问她，菩萨是什么？她想了又想，愿意为旁人做事情，就是菩萨。

月朗星稀，装麦捆儿的水泥船泊于河畔。父亲开始挑把，一把铁叉，一头三只麦捆儿。偶有乡人扛铁叉路过，便主动高呼，来来来，让我挑，家去早了也没有饭吃。有人挑个十趟八趟，有人会帮父亲全挑完。"嗨哟！嗨哟！"响亮的号子声，彼此起伏，一篇苦与累的乐章，一首收获与喜悦的歌谣。

农谚曰："麦收有五忙，割、挑、打、晒、藏。"麦子归了仓，父亲歪着腰，拖着腿，走上课堂，声音嘶哑。田间母亲依旧手忙脚乱，一刻不停，栽秧锄草，整枝打杈，种豆子，浇粪水……学生们的脸晒得黑乎乎的像炭，胳膊红红，灼烧的皮肤渐渐脱皮。这些可是我们炫耀的本钱，如果哪个学生没有被芒种所伤，他将成为耻笑和唾弃的话柄。

（爱默生认为，每一个人都应当与这世界上的劳作保持着基本关系。劳动是上帝的教育，它使我们自己与泥土和大自然发生基本的联系。但是，在这个世界上，有一部分人，一生从未踏上土地。韦岸在《大地上的事情》中说。）

"五月五，是端阳；门插艾，香满堂；吃粽子，撒白糖；龙舟下水喜洋洋。"端午节，父亲最看重的节日。学生们纷纷带着粽子和蛋，献给先生。

形形色色的粽子，鸡蛋和鸭蛋装了大半竹筐。父亲乐开怀，幸福满满的。吴先生家没人，要不然可以分些给玉丫头。至今不知道这尊师的风俗始于何时，传至何方。但于现在，这风俗早已消失殆尽，荡然无存。

天说变就变，头发湿漉的剃头匠建武，一拐一拐领着儿子云晓，摸黑找父亲辅导写文章。

乡人们田间芒种一季，挥汗如雨。父亲讲台"忙种"一生，播种未来，培植光芒。

乡村的日色，

慢。

一生只够守，

一个人。

◎ 夏至

　　天空像竹筛，雨水从漏孔中渗落。三千丈的距离，飘于屋脊、院子、树梢、池塘和旷野。檐头雨，似一条线往下流。一尺古麻石，多年前父亲从庄东头"雨华庵"捡回，滴雨处已呈微凹状。

　　农谚曰："芒种火烧天，夏至雨涟涟。""时霉天"迈着轻碎的脚步，不紧不慢地来了。

墙根一溜老青砖，深色的苔藓覆盖着娇嫩翠绿的青苔。"白日不到处，青春恰自来。苔花如米小，也学牡丹开。"不知为什么，每每念起这样的诗句，心中顿时暖意浓浓。一个人一辈子可以不登山，但心中一定要有座山。

母亲趿拉着布鞋，打着长长的哈欠，拉开院落的木门。也许潮湿的缘故，门窝与木榫紧凑，吱嘎作响。一股清香随风送来，半池的荷叶，半塘的碧绿，层层叠叠。粉红色含苞的花骨朵儿，亭亭玉立。

两只花喜鹊，长尾一翘一翘地叙鸣，迷人又神奇的声音。母亲豁然开朗，嘟哝着，难道玉丫头真家来了。辰时喜鹊叫，主有行人，回家大吉。母亲深信，灵鹊报喜，万物有灵。

乡人朴实，认为人一辈子好坏各半。好坏将至之时，定有征兆。世俗之心难以承受，征兆是最仁慈的铺垫。参透大悲无泪、大悟无言、大喜无声之人，是菩萨。

雨微歇，空气中弥漫着发霉的气味。榆木顶箱柜内的冬衣发霉了。灶房镂空的竹橱发霉了。线装的印本《幼学琼林》发霉了……斜对门友宽奶奶头发蓬松，搓着菜园里搭瓜架所用的草绳，鼻子嗅嗅，淡不淡咸不咸地对着门口扔一句：我家黄豆酱恐怕发霉了。

（抱歉，我真不知道友宽奶奶的姓名。乡间女人作人妇后，不知不觉就会遗失真实的名字。除了归宁娘家，才不经意间被陌生地提起。）

奶奶取下挂在东墙上的老竹匾，在水码头洗刷，悬竹钩晾干。精心挑选的黄豆，经过一夜清水的浸泡，个个撑得圆圆的。

半锅水，略加盐，倾倒黄豆，用菜籽秸或蚕豆秆硬火煮沸。捞于竹匾，待凉，撒面粉拌匀。置阴暗处，摘芦苇叶盖之。

我曾好奇地偷偷地掀开苇叶，被奶奶发现，用竹筷头敲我手心，责备："鬼爪子不能伸呀，气一走，酱就发酸不好吃了。"就这么守着，七八天光阴，黄黄的霉花生成。

（不知道为什么，奶奶总喜欢用竹筷敲打人。古人云，竹筷长七寸六分，代表人的七情六欲。难道竹筷敲人，是提醒我们要懂得控制贪念和欲望吗？）

细釉敞口盆，擦干。倒入黄豆，加适量盐水"合酱"。盆口用白纱布裹实，日晒夜露。据说日晒，可让酱色浓厚；夜露，能使酱味鲜美。还是这么守着，半月光景，黄豆酱炖小葱豆腐的香味，充溢满条巷子。

世间有些事情，快不了，得慢慢来。比如猪养半岁，鸭喂七月；比如瓜熟蒂落，水到渠成……现代社会崇尚反季节，真是一种暴殄天物与贪婪无知。人类表面好似无比强大，拥有对大自然的支配权。但谁违背"自然选择"法则，终将一败涂地，自毁自灭。有时候好事是守来的，不是追来的，跟爱情一样。

村外田野，秧苗青青，田水盈盈，生机盎然。再不走动走动，人都快发霉了！爷爷卷裤脚，戴斗笠，穿雨衣，扛铁锹，下田挖沟放涝水。季节真是个奇怪的东西，忙时急得脑勺着火，空时闲得屁股生蛆。

奶奶发话："老头子，'夏至不锄根边草，如同养下毒蛇咬'，顺带锄锄杂草啊。"爷爷耸耸肩膀，一副没听见的模样。田间野草众多，看麦娘、锯锯草、细叶芹、繁缕……薅草顺藤跟搭架牵豆轻活计，爷爷懒得伸手，宁可田埂河畔东游西逛。

中午时分爷爷归来，送我两条黑褐色的比目鱼。五公分左右长，尾鳍呈半圆形。饭都没顾得上吃，就翻出奶奶竹枕旁的蜜桔罐头瓶。

河水，比目鱼，罐头瓶。一方水的空间，一个装载着等待的世界。瓶外四只渴望的眼睛，礼官和我。

喂米饭，喂水草，喂蚯蚓。礼官说那条稍长的是哥哥大欢，归他。稍短的归我，是弟弟小乐。我和他争论。他头一仰，"听本大人的，明天带薄荷糖给你"。礼官活像个土财主，他爷爷的木质糖盒是他炫耀的资本。有糖吃，天大的好事，我领情。嘴巴的第一功能是吃和喝，说话排第二。学会说话只需三年，学会闭嘴却要一生。

比目鱼们可不领情，慢哉悠哉地游，视食而不见，对我们更是置之不理。就这么守着，守着它们吃食，守着它们成长。

礼官侧头问："大欢跟小乐长大，罐头瓶盛不了，是找大缸，还是放回塘港河？"我皱紧眉头，没答得上来。大欢跟小乐的命运在我们手里，我们的命运又在谁的手里呢？看来，长大真不是件值得高兴的事情。

不知道母亲是第几次找借口，从吴先生家门前走过。外墙角一丛丛粉红色的凤仙花，快被村庄爱俏的野丫头们掐光了。凤仙花茎似竹，叶如柳，花朵玲珑，成对开。

南宋人周密在《癸辛杂识·金凤染甲》中云："凤仙花红者用叶捣碎，入明矾少许在内，先洗净指甲，然后以此敷甲上，用片帛缠定过夜。初染，色淡，连染三五次，其色若胭脂，洗涤不去，可经旬，直至退甲，方渐去之。"

每年夏至，母亲掐来凤仙花，将花瓣放入白瓷茶碗，加少许明矾后捣烂。将捣烂之物敷于玉丫头的指甲上，用大扁豆叶包裹，棉线缠绕。叮嘱吃饭睡觉之时，不能松掉。两三天，玉丫头的指甲染成橘红色，如抹层指甲油般鲜亮，散发着细碎的花香。

无数乡间女孩寂寞的小心思，由于指甲的美丽，宛然一笑，羞涩的欢快在微风中荡漾。

细雨打湿门扉，父亲难得闲逸，寻来竹节形浅黄色的围棋盒。黑子，漆黑润泽181枚；白子，温润如玉180枚。361枚棋子，方格手帕一一拭擦。父亲讲，围棋有"九品"之说：入神、坐照、具体、通幽、用智、小巧、斗力、若愚和守拙。

（守拙是围棋的最高境界，也是人生最高境界。遵循自然规律，信守天地良心。）

"黄梅时节家家雨，青草池塘处处蛙。有约不来过夜半，闲敲棋子落灯花。"估计父亲夜晚等不上人来摆个一两局。《幼学琼林》说，"夏至一阴生，是以天时渐短，冬至一阳升，是以日暑初长。"父亲口中的"臭棋篓子"吴先生仍旧未归。

大欢跟小乐守不了拙，一前一后绕着圈，游啊游，游进两个童年纯真的梦里。

世间真正的好东西，

都是免费的。

阳光和空气，

自由和爱。

◎ 小暑

年将过半，便是小暑时节。

天刚明，蛙声渐稀，蝉鸣未嘶，难得的片刻宁静。四仰八叉地躺在凉席上，酣睡正香。东南风吹拂白色尼龙蚊帐，柔柔的，如猫儿舐。

水码头挑水的父亲，透过双格木窗沉着声。奶奶搭讪，早上一刻钟，要顶夜里十刻钟，小满"欠觉"了。

"越睡越懒啊！谁道人生无再少，门前流水尚能西。"父亲吁唏。

猛然醒来，一骨碌滚下床。对于父亲的声音，我有种天生的警觉性。

黄灿灿的丝瓜花在风中舒展，有碧绿纤长的身姿悬于墙头。奶奶惊讶道："小满起来了？"

掬一捧清水搓脸，我使劲甩了甩沾水的头发。残旧的《朱子家训》背于腰后，高声诵之："黎明即起，洒扫庭除，要内外整洁，既昏便息，关锁门户，必亲自检点……"

远远地，父亲故作咳咳，木水桶上下颤悠，扁担发出舒坦的吱嘎吱嘎声。有人问，乡村孩子人生的第一面镜子是什么？我想肯定是父亲。

院落里，母亲刚晾的衣服滴着水。做完正反两页暑假作业，还有大把大把的空闲时间，我就人影不见了。

池塘东侧的菜园，嫩嫩的六月豇，挤满芦竹架子。七八棵茄子，稀稀的，结紫色发光之果。三四棵朝天椒，一串串艳红尖长的小灯笼。矮碎砖堆，藤茎蔓蔓，筒钟状鹅黄的花，几只南瓜如小猪仔隐藏其中。

礼官爷爷收起深红色木质糖盒和交椅，半桌也从村口移至村内。大半盆放糖精的凉白开水，置于桌面。一只半旧的搪瓷缸，印着毛主席头像和"为人民服务"的字样。我随手舀起半缸，灌一口，透心甜。

也许，你会为这半盆免费的凉白开水深感好奇。其实它就是你内心深处的那份乡愁，浓厚的温情，让人一生无法忘却的回眸和牵挂。

二伯家隔两条巷子，依"尼姑庙"西墙而建。房屋前后两进，后进有小阁楼。两座天井呈条形，又深又长。

门虚掩，我轻轻推开。浓浓的香气撞满了怀。一株一人多高的栀子花树，状如伞盖。一朵朵绽放的花骨朵儿，白如凝脂。六叶叠出的花瓣，细腻润泽。我轻唤，二姐二姐，没人应答。侧耳，仿佛能聆听到花开的声音。

穿过前院，攀上无栏杆的楼梯。阁楼挂白布帘，"踏步床"顶北墙，"面条柜"上窄下宽，靠东墙。榆木书桌，灰色花纹的水盂盛清水，四五朵栀子花，一本半新的《闲情偶寄》夹着长木质书签。二姐斜坐鼓凳，瞅着铁框圆镜梳辫子。

二姐穿着白汗衫，花平角裤。丰满的胸部，半透半明；藕段的长腿，半遮半露。喊了数声二姐，她才缓过神来。"咦，小满怎么爬上来了？"

我没答，也不知道怎么答。答非所问："脱我战时袍，著我旧时裳；当窗理云鬓，对镜帖花黄。二姐是花木兰。"

二姐怔怔地，露出一口洁白的牙齿。然后笑靥如花，差点把鼓凳翻倒。弯起纤长的食指，刮刮我的细鼻子。手凉凉的，淡淡的幽香。

二姐是庄上第一个在师范学校读书的姑娘，有种与生俱来的洗净铅华的美。我对美的感知和对女性的恋慕，二姐是那永远的范本。

二姐开心，掐了十几朵栀子花，让我捧回家。不用半天工夫，粉嫩的栀子花们，宛若一只只白蝴蝶，停落鬓前发梢，桌案柜架，蚊帐睡枕……满村飘香，一路芬芳。乡村生活的美在于平淡，给予和分享。《地藏经》说："舍一得万报。"

小暑一至热难当，禾苗杂草都晒黄；出门避暑找阴凉，一早一晚再去忙。午时，躺竹榻椅，瞌睡虫上了身。麻头苍蝇"嗡嗡嗡"，轻盈的身躯或升或降，纤细的脚板或急或缓。我裸露的肌肤成为它们尽情戏耍的舞台。

最愤怒的是，痒极之时，举起手掌狠狠拍下去。"啪"的一声，麻头苍蝇逃之夭夭，肚皮上留下鲜红的手印。麻头苍蝇飞走，花蚊子"嗡嗡嗡"。"长喙细身"的嗜血之物，咬人如同打针。我的耳朵、鼻子和嘴巴，频频受攻击。睡意渐浓，梦见村子里所有的苍蝇戴上手套，所有的蚊子蒙着口罩。我如快乐的天使，四处宣扬。

"啪""啪""啪"，小木箱，棉垫子，小棉被，中间码冰棍。卖冰棍不用吆喝，长方形的木块，敲击小木箱。礼官循声而去，他有钱，他平时包揽家里合作社打酱油的活计。两分钱的水果味，五分钱的赤豆。树荫下，我俩头靠头，一根冰棍，你舔一口，我舔一口，满腹生凉，妙不可言，生命中最奢侈的一段回忆。

"六月六，家家晒红绿。"天空如烧炽，风挟热浪，路晒成灰白色，踩上去烫脚。板凳，门板，晾衣绳，母亲顶着凉帽"晒伏"。厚衣冬袄，棉褥盖被，还有鞋子、帽子和枕头等七零八碎。

两套簇新的四季衣，格外显眼，母亲让我猜。我摇头，如此小衣何人能穿。原来那年，我出生做三朝。家族伯叔们抬三只竹箩筐：两箩染红的鸡蛋，一箩空。父亲挨家"送红蛋"，乡亲们红纸包"喜钱"于空箩。多少不限，轻重是"礼"。母亲用所得，请庄上老裁缝花两个多月的时间，精心赶制而成。乡间风俗，吃百家饭，穿百家衣，托百家福，小孩好养。

父亲搬出压箱底的线装册，全是难得轻易示人之物。一列列排于门板，如同古书中一个个汉字。风吹过，书页翻动，窸窸窣窣。"清风不识字，何故乱翻书。"父亲甚是快慰，仿佛在巡视学堂里勤奋读书的学生们。

父亲谆谆教导，世间都知读书苦，但不读书，将来的人生一定会更苦。有人说人生有四给，给人信心，给人欢喜，给人希望，给人方便。父亲有几给，我用一生也未能数明白。

《燕京岁时记》："京师于六月六日抖晾衣服书籍，谓可不生虫蠹。"我不甘落后，翻箱倒柜寻找可晒之书。曾经的课本销声匿迹，只剩尚未完成的暑假作业本，封面半损，边角卷翘。

父亲竖起中指和食指，弹弹我的肚皮。笨西瓜一只，平常怕读书，不得墨水。"咚咚咚"的空荡声，好似在嘲弄。我一丁点儿"晒伏"的兴致都没有了，真是沮丧。

多年后读到东晋名士郝隆，见邻人皆晒衣被，就平躺在地上，掀起衣服露出肚皮晒太阳，旁人不解，问他干什么，答曰："晒书。""书呢？""四书五经全在我肚子里。"我不禁哑然失笑，念起那个清澈又忧伤的下午。

月亮弯弯，启明星亮亮地悬于之下。洗澡的长木桶，用水冲净后，斜搁屋檐。家中最后一个洗完澡的奶奶，坐长条木凳，脚置矮爬爬凳。粗麻衫，半扣。干瘪的双乳，如同风干的丝瓜。

"扇子扇凉风，扇夏不扇冬，有人问我借，待到八月中。"奶奶上门牙缺两颗，有些不关风，走音。我答："能借到铁扇公主的芭蕉扇就好了。"

包深蓝色布边的蒲扇，轻轻拂动，清风徐徐。奶奶的蒲扇会"伤人"了，一下，两下，三下，我的小暑便拂过去了，还有她曾经美好的青春和年华。

草木睡着了，

大地睡着了，

怀念好觉，

怀念酣然入眠的那些黑白时光。

◎ 大暑

天空，无边无际的蓝。云朵，团状，没有规则的静止。炎日高悬，不敢抬头望，有毒。一只鸟儿也没有。

这种静止如同瘟疫，席卷凡尘。鸡耷拉着脑袋，木木地站在墙根底下，像呆了般。狗趴在屋檐麻石台阶上，吐着舌头喘气。踢了一脚，它慵懒地起身。枝叶一动不动，像中了邪。风儿，也不知道躲到哪去了。

《易经》遁卦为退避、隐居之意，对应的节气为大暑。天气闷热潮湿，人和动物需隐藏起来，以避暑气。语堂先生在其自传《我来台后二十四快事》中云："华氏表九十五度，赤膊赤脚，关起门来，学顾千里裸体读经，不亦快哉！"

王瞎子闭门数日，"嘀笃""嘀笃"悠长的木鱼声，从竹门缝间传出，夹杂着阵阵清凉。村里的老老少少立即兴奋起来，天底下最自由、最快活、最向往的节日，"歇伏"粉墨登场。

巷里子一下涌入许多似曾相识的面孔。张家的外甥，夹着几件换洗的衣服来了；李家的侄女，笑眯眯的像幅画；大支书去年刚出嫁的三丫头，挺个大肚摇摇摆摆……水码头边的麻四老，守着台阶暗自叹息，含辛茹苦供读的儿子，终于省城结婚，从此一别数万里，相逢无期。

（以前总以为，人生最美好的是相遇；后来才明白，其实人生最难得的是重逢。）

挎布包，扛雨伞，礼官行标准式的敬礼，本大人到外婆纪家庄"歇伏"了，留给我一个无限羡慕的背影。我外婆在本村，更糟糕的是所有亲戚都是本村的，一点新鲜感都没有。但外婆传话，让小满也来家里"歇歇伏"呀。

外婆家在庄河北，临水人家。青砖灰瓦，篱笆围墙，院内两株梨树一雌一雄，携手并肩，相敬如宾。大门口，贴着春联"向阳门第春常在，和善人家庆有余"。

巷子两侧砖墙之间，外公早早嵌入三根"品"字形粗杉木，爬上落下用稻草席搭建凉棚，撑起一片庇荫。《都门杂咏》有诗云："搭得天棚如此阔，不知负债几分钱。"看来，同治年间老北京的天棚高级多了。

小暑交大暑，热得无处躲。表哥、表弟和我抬出那张矮长桌。桌面五拼，有些年头了，泛着一种幽暗的光泽。

小米粥，薄薄的一层膜，我们"吸溜吸溜"地喝。外婆用麻虾熬成的酱，鲜得打嘴不肯丢。外婆说我们像三头小猪，我说婆爹爹喝粥的声音更响，是只大肥猪。光脊梁、草绳系裈的外公，扎人的灰胡子动了动，嘎嘎嘎大笑起来。

我们成天赤膊，裤衩前后两块布，一根花松紧带。松紧带松，裤衩经常往下滑。时不时提裤衩，成为我们习惯性的动作。更有好事者，趁你不注意，猛然蹲在你身后，双手把裤衩往下一拽。顿时，春光外泄，一脸窘相，一阵嬉笑。

碗一推，做功课。暑假作业，六十页，正面语文反面数学。每天做一面，外公说万事要懂得收敛，不能一口吞块大烧饼。多年后，发觉外公说的许多无足轻重的随口语，却蕴藏着大自然厚重的道理。

七月的田野，葎草、稗子、猪殃殃等草们恣肆。外公背起爆破筒样式的绿色喷雾器，趁早凉下田打农药。早点家来呀！前些日，庄河南的大茄瓜（诨名）嘴犟，高温打农药"1605"。回家后头晕，要不是到镇上卫生院挂了四瓶水，命就没有了，外婆叮嘱："万事都有个度啊。""晓得了。"外公应答。

《管子》曰："大暑至，万物荣华。"世间许多生物感暑气而奋发，天地间各争其时，野蛮奔跑。乡村瓜果琳琅满目，生长的快慢和大小，决定其生命的长短，乡人们往往择大且品优者而食之。《庄子·山木》记："直木先伐，甘井先竭。"

墙角的癞葡萄瘤状凸起，呈橙黄色的纺锤形。猪圈旁的两行丝瓜，越过屋脊，伸向邻居的院墙。"卖桃子，不甜不要钱！"外地口音的吆喝声四起。巷子里到处是瓜果香的味道，馋人。

日中午时，红烧昂嗤鱼，白烧青螺螺，韭菜炒鸡蛋，戳茄子滴菜油，外加豆腐丝瓜汤。我说，婆奶奶烧的菜真好吃。外婆笑嘻嘻的，快吃快吃，吃饭都堵不上我的嘴！一转身，各式瓜果端了上来。棉花田里的花皮水瓜、菜瓜和香瓜，像被使劲吹着的气球，再不摘，都快飞上天了。

谚语说，稻在田里热了笑，人在屋里热了跳。人一动便淌汗，吃碗饭，汗"噼里啪啦"往下流。汗淌多了，人蔫蔫的提不起精神，发困想睡觉。其实不单单是人，整个村子都恹恹的。

饭后，躺在矮长桌旁闭眼装睡。外公鼾声如雷，古铜色的肚皮一起一伏，颇具规律性。拎起塑料凉鞋，我们缩手缩脚奔向水码头。

一根竹竿，一钓钩，几条细长的红蚯蚓。竹竿碧绿，王瞎子屋后的。鱼钩、鱼漂和尼龙线，从挑糖担买的。蚯蚓，从草垛脚跟挖的。

阳光炙热，鱼漂不动，知了死命地嚷，知道，知道。有没有鱼，它能知道多少呢？烦人的东西。小孩子哪有多少耐心，三下五除二脱个精光。扎猛子、打水仗、摸河蚌、掏螃蟹……"扑通""扑通"，水花四溅。

快乐总是短暂的，水码头出现外婆招手的身影，外公快醒了。每年村里都有几户人家，游泳的小孩，莫名其妙地被淹死，天塌了下来。外公翻翻身睡"回笼觉"，拽根狗尾巴草，靠近他鼻孔，"阿嚏"一声，震耳欲聋。

凉棚下，外婆对门的"老姑娘"，一身灰衣黑裤，吃力地搬出圈椅。闭目念经，音调平稳。

轰隆隆，轰隆隆，雨说来就来，天空如同打翻了墨水瓶。雨点打在梨树上，哗啦啦的，十分猛烈。屋檐头，水泡碰着水泡，一碰便碎。鸡们抖抖翅膀，咕咕咕咕地抱怨。举伞的小孩兴奋地冲出家门，用力踩踏洼塘积水。

一切期待刚在酝酿，突然之间，雷声戛然而止。河风吹过，夹杂着丝丝草腥味。"老姑娘"清清淡淡地冒出句："恐怕这风能值几文钱了！"

凉透的大麦茶呈黄褐色，"咕嘟""咕嘟"灌半搪瓷缸。秃毛笔四分钱一支，臭墨汁五分钱一瓶。秃毛笔爱分叉，写写笔头就掉光。臭墨汁墨迹淡灰，刺鼻的气味中，我们临摹王羲之《今日热甚帖》："今日热甚，足下将各匆匆，吾至乏，惙力不具，王羲之白。"

表哥展纸，端坐，持笔，一丝不苟。我和表弟心浮气躁，字像棉花秆所搭，又像蚯蚓拱来拱去。外公恨铁不成钢，敲我们的脑袋瓜子。外公越敲，我们越慌，字体越像鬼画符。手脸和身上到处沾满墨点，宛若小花猫。

后来，表哥迷恋上所谓的书法。初中未能毕业，东北的某桥头，撑把黄帆布伞，守只木箱，踏上刻章这条心酸的路。

炊烟袅袅，漫天云彩，彩虹如桥。外婆不许我们举手指，说冬天烂手。晚饭花尽情绽放，粉红色的小花像一只只小喇叭，艳艳的。不知名字的小虫成团，红蜻蜓低低地飞。

捧着外婆捎回家的"奶奶哼"瓜，我若装双翅，原来身轻如燕是幸福的一种姿态。

日落西山，蛙鸣四起，萤火流动。赤膊的父亲拎桶清澈的井水，一股脑儿泼于院落。两张板凳，两扇房门，一方被汗水浸得老红发亮的竹席。繁星点点，若即若离，我仰望苍穹。一颗流星划过夜色，璀璨总是稍纵即逝。美好也是。

当下，故乡已经很难遇见萤火虫飞舞。习惯的改变和环境的破坏，将它们一网打尽。流星依旧，无暇抬头。我们像一群丢失灵魂的人，低首踉跄在迷茫的异乡。

秋天
做一个善良的人

梧桐树的叶子，

一片，二片，三片，

念着秋天的咒语，

在大地上行走。

◎ 立秋

风吹一片叶，万物已惊秋。立秋是个隐喻的节日，是被风吹来的。

窗外骄阳似火，暑热仍旧逼人。院内爷爷仰着脖子，左望望，右瞧瞧，竖起耳朵听听。挂在东墙上的日历，母亲难得地翻了又翻。

还未跨出门槛，母亲便交代：别瞎跑啊，下午三点二十"咬秋"。立秋了？为啥一丝秋天的感觉都没有，真奇怪得很。晓得了，我一溜烟地走了。

"大扁头"（绰号）屋后有块地方（小树林），刚寻得。每个乡村孩子心中都有块神秘的地方，那是他们自由的王国。临水的空地，阴森森的凉。几十株杂树，不成行，没有章法，没有主人。

洋槐，树皮灰黑，糙手如爷爷的掌纹。树冠高大，绿叶呈椭圆形，果实呈扁平状。有刺，故不能攀。樟树，小水桶般粗，树叶亮晶晶的，叶脉清晰，一般淡淡的药香味。苦楝树，春季开淡紫色花，秋季结苦楝子，是打麻雀和练靶子的最佳子弹。苦楝子苦，有毒，不能吃。垂柳，枝条细长，叶子翠绿，若水码头梳妆的女孩。两棵泡桐树，魁梧，叶面宽阔，有参天蔽日之感。这些偏僻的树木，陪伴着村落跟一辈辈的乡民。苍茫大地，草木才是真正的主人，我们只是可怜的过客。

小树林，蝉声聒噪。阳光从叶缝间漏出，斑驳流动。庄上老者云："梧桐一叶落，天下尽知秋。"

风过树梢，泡桐未见落叶，苦楝树飘零几片，轻轻地，如同幽幽的叹息。地面星星点点绿颜色的小花，虫鸣凄婉。刻字的断瓦和残砖，散落其间。

据说，知秋的梧桐为青桐，高大挺拔，树皮翠绿平滑，树叶浓密，呈心形，掌状，裂缺如花。每枝平年生十二片叶子，象征一年十二个月，如闰年则生十三片叶子。是偶然巧合，还是一种自然规律，无从考究。

其实，世间真正的隐者是动植物。大自然是有秩序的，是讲道理的，世人除了遵行，别无选择。顺应自然，方能与天地同生。

后来，乘轮船到兴化城，遇见牌楼路两侧的梧桐，才知老家泡桐树学名法国梧桐。有段时间苦思冥想，不得其解，法国的梧桐种子怎么会飞到中国的乡村和城市？

家神柜上"海鸥"牌台式座钟，钟摆左右摇晃，时针和分针像两条腿，"嘀嗒""嘀嗒"。人和时间一样，只有去，没有回，在光阴中一步步老去。

三点二十分十五秒，时间如此精准，如同天地约定。一家人围着靠西墙的方桌，母亲捧出藏于竹橱的翠皮花纹西瓜。白果树的砧板，切菜的刀。西瓜一切为四，再切，成月牙形状。瓜裂清脆，澄红通透，红汁漫溢，择瓜心处给爷爷奶奶。

　　"咬秋"，唇齿间的节气。"慢着点，没人跟你抢。"奶奶劝道。

　　"立秋就立秋呗，为啥要'咬秋'？"嘴含西瓜，我歪着脑袋问。爷爷顿了顿："早立秋凉飕飕，夜立秋热死牛。""雷打秋，冬半收。""立秋一日，水冷三分。"这些全是老祖宗传下来的！

　　（《津门杂记·岁时风俗》："立秋之时食瓜，日咬秋，可免腹泻。"草木，原本就是神奇。《家塾事亲》说："七月七日，取苦瓠、白瓠，绞汁一合，以醋一升，古钱七个，和匀，以火煎之，令稀稠所得，点入眼眦中，治眼黑暗。"）

　　咬过秋，母亲长衣长裳，系蓝色方巾下田。"棉花立了秋，高矮一齐揪。"棉花需打顶、整枝、去老叶和抹赘芽，不然会烂铃与落铃，棉不吐絮。

丰收，勤劳的勋章。

自留地，玉米顶花鹅黄，淡绿色的缨子如丝络。向日葵圆圆的花盘，金黄色的花瓣，随着太阳东升西落而转动，神奇无比。

（多年后，与好友抵足而眠，笑谈向日葵如何向日，猜测月下如何回归。温暖的秋夜，余生的情缘。佛经云："万法皆生，皆系缘分。"长路漫漫，你遇见谁，又和谁再见，命中早已定数。）

立秋过后，七月半，充满神秘的节日"鬼节"。王瞎子竹门大开，一张黄纸龙飞凤舞贴墙头：今夜阴气重，女人不宜巷耍。

天擦黑，点烛，焚香，诵经。王瞎子振振有词，离世的亲人，子时之前会趁夜色踏家门取盘缠。巷子里人影绰绰，大包小包，还有推车的。子时之后，孤坟野鬼相继而来，横五六犟。

有人疑惑，王瞎子便相约二更亥时，取屋檐三片老瓦，置头顶，瓦间夹两张黄符，立巷道中心，手持三炷香，念咒语，天眼开，必视之。一大庄子，终究未曾有应约者。

月色澄明。奶奶手挽香篮，层层叠叠的锡元宝和半小碗生米，领我到水码头斋孤，烧元宝，撒水饭。

悠长的青砖巷，两个短小的影子。奶奶慢吞吞说道：河落鬼成天拎个没有底的淘箩捡螺螺。等有不听话的"细猴子"，就把淘箩交给他，自己上岸投胎。

夜色下的水码头，静静地。背着风，划根火柴，锡元宝燃起。奶奶让我对着火堆磕头，作揖。她把半小碗生米撒向水面，口念："阿弥陀佛，阿弥陀佛……"

河水轻拍岸边，发出"啪啪啪"的声音。我睁大眼睛，忐忑不安。一条细长的身影，顺水游动。有些毛骨悚然，我惊呼："河落鬼，河落鬼！"奶奶抚抚我的头："别怕别怕，是蛇啊，水蛇没有毒，山上才有毒蛇呢。"曾听大人们谈过：蛇傲，俯视人；牛谦，仰视人。

奶奶又念："阿弥陀佛，阿弥陀佛。"我问："奶奶你念的什么呀？"奶奶笑笑："你敬香磕头烧纸钱，祖宗就会保佑你。"世上最毒的不是蛇，是人的心，俗话说，人心不足蛇吞象。奶奶一辈子没读过书，也不会写自己的名字。

奶奶已仙逝三载，我曾无数次梦见奶奶牵着我的手。一双粗糙的大手里面一双细嫩的小手，暖暖的。有些场景让人永生难忘，是因为承载着回忆和情意。

巷子拐弯口吴先生家，灯火通明。吴先生回来了？玉丫头也家来了？堂屋和厢房人声嘈杂，许多个走动的脚步。

捂着胸口，跌跌撞撞，想把这震撼的消息告诉母亲。父亲倚着方桌的西墙，烟蒂烧及手指。母亲远远地坐于竹椅上，双目红肿如桃，身体不时抽搐，鼻孔有哭腔。

"姆妈，你怎么哭了？"站在母亲旁边，我小心翼翼地问。

"去玩！去玩！哪有这么多为什么？"父亲挥挥右手。

又没惹他们，父亲却拒人于千里之外，让我深感不解。愁是离人心上秋，凉意顿时从脚跟充斥心头，充斥天地之间。

秋，就这样来了，潮水般汹涌。

喜欢把自己看成一个食客，

走在人生的路上，

尝遍世间百味，

忘不了，还是记忆的一碗烟火。

◎ 处暑

"处暑天不暑，炎热在中午。"拉了瓜藤的棉花田，空荡了许多。田埂上的向日葵，若圆镜。几天工夫，白变黄、黄变紫、紫变黑，四种色彩，走完一生追赶阳光的旅程。葵花籽熟了，如同一个个纵横有序的士兵。这样的列队，只有葵花籽会。

向日葵秆有毛刺，糙且粗涩，刺手不痛。临近中午，爷爷挥动镰刀"咔嚓""咔嚓"收回家。一尺长的木棍，敲敲向日葵后背，葵花籽便纷纷落于竹匾。如隔天阳气散尽，向日葵渐软，有劲使不上来，只能用手剥。葵花籽有趣，越中心的籽越饱满，圆心的那粒永远最大。

抓把葵花籽，坐于门槛。葵花籽黑底白纹，壳较软。葵花仁白嫩，有股清甜的味道。嗑完伸手再抓，母亲打手。省省啊，不过年了？

四五个艳阳天，竹匾内的葵花籽吸饱阳光。统统被奶奶装入青色鹿鹤图案的将军罐，高高地藏在我够不到的地方，静静地守着腊月的降临。

"离离暑云散，袅袅凉风起。池上秋又来，荷花半成子。"屋前池塘曾经清绿的荷叶，花瓣渐落，花心处的莲蓬，显山露水。《群芳谱荷花》中说："凡物先华而后实，独此华实齐生。"

三五个小孩，或站或蹲，指手画脚。"鼻涕小"（绰号）短裤，光膀子，握一杆青竹，伸臂去拽手指般粗荷叶的空梗。小孩们嚷道："去拽开红花的，开白花的不得用。"乡谚："红花莲子白花藕。"开红花的莲蓬，籽粒饱满；开白花的莲藕，丰硕甘甜。

无奈青竹细短，不可触及，"鼻涕小"贴着池岸蹚水。不知是脚下打滑，还是谁故意推了把。咕咚一声，"鼻涕小"坐于塘中，水漫过胸。

闻声，奶奶跨出大门口，肉乖乖，快上岸，秋水咬人了。"鼻涕小"不理，头一斜，深吸口鼻涕，起身涉向池塘深处。

"老鼻涕"（"鼻涕小"的父亲）急吼吼地奔来了。"鼻涕小"的左耳被拎起老高，青竹变成刑杖，屁股上烙下道道痕印。

"鼻涕小"缩着脚，歪着嘴，眼泪一滴不成淌，鼻涕恨不得淌到脚后跟。小孩们做鬼脸："鼻涕小，鼻涕长；嘴巴大，馋猫王。"

眉姨，五爹爹家的闺女。弯弯的柳眉，一双眸子宛若清水潭；两个酒窝，笑起来像两汪泉水。乡亲们都夸眉丫头长得俊俏，将来笃定找个好婆家。只有王瞎子说，眉姨脸上"水色"太重，男人是泥土做的，最怕染"水色"。眉姨会在男女之事上跌跟头。王瞎子又看不见，他怎么会知道呢，真让人奇怪。

莲蓬对应的动作叫"采"。眉姨穿白色衬衫，秀发绾结，蹲在洗澡的圆桶内，青葱一般的手指作桨。靠近莲蓬处，身体略倾，左手扶荷叶，右手摘莲蓬，保持着一种平衡。

莲蓬的模样跟倒挂的马蜂窝差不多，无数个小格子里藏着莲子。莲子好吃，剥去青绿的外皮，去掉中间的"心"。奶奶说"心"苦。莲子白，入口满腹馨香。

池塘里有菱角，有文字记载："其叶支散，故字以支，其角棱峭，故谓之菱。菱花农历六月盛开，四瓣莹白小花。菱花恶日光，夜间次第而开，随月光而转，如同葵花向日。不知是否真假？"

菱角对应的动作叫"翻"。暗绿的菱叶呈菱形，挨挨挤挤，根茎相连。左手翻菱叶，右手掐，青色的菱角入手心。菱角多为四角"家菱"，也有两角"凤菱"。"野菱"瘦，角尖，戳嘴。菱角对生，菱肉白净，脆脆的嫩，带有水的灵韵。

人世间有些味道，无论时光多久，无论离别多远，只要你的嗅觉一旦触及，泪腺就会无法抑制，因为那个是家的味道。

日渐西山，风儿轻轻。没有《江南曲》中"采莲女儿红粉新，舟中笑语隔烟闻"的喧哗和矫情。眉姨静静地采，静静地翻。看似漫不经心的动作，却被她演绎得无比轻盈和动容。池塘边，几十株芦苇摇曳，苇梢渐白。

池塘里的荷，随季节在变化。家神柜上的荷，雷打不动，神色依旧。白瓷观音菩萨，莲花坐势，穿白衣，右手持净瓶，左手禅定印。奶奶初一十五磕头敬香，多年如一日，从未间断。乡人们敬畏烟雾缭绕的神秘，认为烟雾是沟通天地之桥，人神之道。信奉神灵的人，是种幸福。

眉姨送来半盆莲蓬和菱角，低眉含笑。奶奶一分为三，给"鼻涕小""玉丫头"和我。

"鼻涕小"不在家，巷子顶头听到他跟个人在打赌。

巷子中间，一摊药渣。院内弥漫着"喷香"的中草药味，没见到"玉丫头"，可能早早地睡觉了。吴师娘蹲在屋檐下，小炉，陶罐，文火。吴先生端坐木桌旁，几册旧线装本，封面竖写着《本草拾遗》。

我小心翼翼地喊吴先生吴师娘好，把莲蓬和菱角置于方桌上。吴先生推推眼镜招手，让我坐。我低头站着。吴先生声音哑哑的："小满好像长高了。"

吴师娘递给我书包和印着乘法口诀的革质文具盒，我没敢接。"拿着，拿着，马上要开学了，小满你要好好学习啊，将来考个好大学。"罩灯下的吴师娘瘦了一大圈，头发蓬乱，快认不出来了。

巷子悠悠长，蟋蟀墙角唧唧，清脆空灵，演奏的乐器藏在它的肚子里。《诗经·七月》云："七月在野，八月在宇，九月在户，十月蟋蟀入我床下。"

天空繁星数点，越望好像越多。一道银河白茫茫，方位南北。双星闪烁，一东一西，隔河相望。它们是奶奶口中的牵牛织女星吗？古书云："纤云弄巧，飞星传恨，银汉迢迢暗度。"

两颗遥遥相对的星星，被一双双善良的眼睛，一颗颗慈爱的心，赋予得如此真挚和动人。豆棚瓜架下，有谁听过牛郎织女的蜜语吗？

我曾问过眉姨。眉姨嘴唇呈弧线，涩涩地笑。七夕不算节，不如春节、清明、端午和中秋那般让人期待，因为家里没有过节的氛围，也没有好吃的。

树木花草要吃（浇水），稻谷麦子要吃（施肥），牛羊猪狗要吃（喂食），家具物件要吃（上漆）。奶奶说，天底下，吃什么最有营养，恐怕是吃亏。天道也。

村落里，

草枯，花谢，燕子会告别。

季节远了，时光便老了，

唯有爱不会。

◎ 白露

一夜无梦，指尖微凉。院内我光着膀子，拉长着"哎哟"声，伸了个惬意的懒腰。

"小满，小满，快家来，白露不露身，外面露重了！"奶奶翻出"晒伏"的秋衣喊道。

白露是什么？

农书上说："斗指癸为白露，阴气渐重，凌而为露，故名白露。"

爷爷认为，白露是植物的营养水。父亲解释："八月白露降，湖中水方老。旦夕秋风多，衰荷半倾倒。"白露是水老，荷老了……我扳着指头，白露不是白二爹家二丫头吗，大丫头白茄，三小白果。

母亲说道："狗拿耗子多管闲事，赶快背上你的书包去上学，不要迟到！"

红砖路，三三两两磨磨蹭蹭的身影，小砖头瓦片被踢得骨碌骨碌飞。有人举着书包，边奔边喊，二瓜二瓜，书包丢家里了。

新学期，量两尺新布，缝只花书包，一帮豁牙齿的"小雏鸭"被家长们赶进学堂。乡人重礼仪，认为人生四大礼：入学礼、成人礼、婚礼和葬礼。入学礼列第一。而今"学"被沾染功利，礼已无从谈起。

草叶子上嵌着露水，晨光照射，晶莹剔透，欲坠欲跌，一幅可爱的模样。有追逐打闹的学生，露水染湿了他们的裤脚和鞋面。

"小满，小满，等等我。"礼官气喘吁吁地跑来。我学老先生的腔调考他："白露者，知否也？"他左手撑腰，右手指露珠："本大人告诉你，就这东西。夜里飞啊飞，飞累了，草尖上打瞌睡。"

我惊奇地盯着礼官："哪个告诉你的呀？"礼官没应答，郑重其事地："明天笃定是个晴朗天。"

太阳升起来，阳光有点暖，也有点凉。田埂，冬瓜白茸茸的毛，南瓜胖墩墩地端坐。奶奶说，人生难得老来瘦，世间瓜果老是寿。

望见个熟识的身影，那不是"一根银针治百病"的吴先生吗？捧瓶缶，小心翼翼地将叶子上的露珠滴入。"道狭草木长，夕露沾我衣。"吴先生的头发和白褂子湿漉漉的。

清人王士雄《随息居饮食谱》记："稻头上露，养胃生津；菖蒲上露，清心明目……"礼官靠近我耳边：王瞎子说千年何首乌、深山老灵芝和悬崖黑松结的甘露，吃了可以长生不老，能成仙。

我说："你吹老牛。"礼官摆摆手："本大人的话，不信拉倒。"铃声悠悠，我们稍稍加快步伐。

语文老师是隔壁村的，姓李，嘴大，穿着中山装，衣袋里插支钢笔。课堂上，嘴唇不停地动，叽里呱啦，吐沫横飞："白露是关于鸟儿的节气，鸿雁来，玄鸟归，群鸟养羞。大雁和燕子跟小孩子一样，都有个南方的外婆家……"我走神，遥想成仙的故事，是人没有不想飞的。

板凳半空依旧，"玉丫头"请长假。没有人说话，我把目光伸出窗外。不远处的棉花田，一块块白得耀眼。红红绿绿的头巾，在流动。母亲们把蛇皮袋一剪为二，两边各缝根长长的花布带子，系于腰间，像一只只开心的袋鼠。

母亲说，摘瓜，割稻，拾棉花。捡到别人的东西，才算拾了。明明棉花是自己家的，怎么叫拾呢？

后来才明白，棉花边吐絮，边开花。农谚："白露棉花好长相，全株上下一起忙，下部吐白絮，上顶有花香，全田后劲足，不衰又不狂。棉花朵吐絮便老了，你不拾，雨一落，棉花掉价，到手的钞票被老天爷拾走。"

风凉凉地吹，云朵飞升起来，天空一下子便高远许多，色泽瓦蓝瓦蓝的。父亲敲响放学的挂铃，学生们如放栅的鸭子，飞奔。白二爹家的三小白果，第一个跨出校门。

有人问他："忙家去干啥呀？"他龇牙咧嘴的，很是快活："二姐夫今天送节礼。"

（《诗经》云，"蒹葭苍苍，白露为霜。所谓伊人，在水一方"。浅秋、蒹葭、露珠、秋水，伊人羞涩，长发裙裾，弱不禁风的模样惹人疼爱。闭上眼睛，可以想象那幅淡雅的水墨画。）

白果的二姐叫白露。短发，大眼睛，粗眉毛，胖嘟嘟的，腮帮子上有雀斑，两个乳房像篮球，走起路来如同左右摇摆的鹅。皮肤白，一白遮百丑，看着还算舒服。白露比图画上的伊人实用多了，田间灶头，一把好手。

白露处的对象，是邻村的，五六里路远。见过几次，打谷场放电影，黑暗处牵着白露的手拉拉扯扯。个头高，偏瘦，话不多。据传，早请王瞎子"合过八字"。

香烟，月饼，白酒，桂圆，河藕，满满地堆于八仙桌上。两只大肥鸭，双脚缠扎红布条。按习俗，节礼送鸭子，"押子、押子"，男方这次是来"通话"。

白二爹家真热闹，红烧肉的香味飘过一条巷子又一条巷子。巷口，一群捧着饭碗的孩童和几条乱窜的狗。

二奶奶笑眯眯的，女大不中留，留来留去留成仇，退回一只鸭子和一枝河藕。白二爹脸色酱红，舌头打结，宽手掌一个劲地拍光亮的脑门，呵！呵！呵！

看来，好事成了。"年怕中秋，月怕半。"等到腊月雪花飘飘，白露哭嫁便老了，变成所谓的老婆。曾经美妙的娘家岁月，定格为永恒。

外婆拄着拐杖，走走停停，累了随意坐在哪家台阶歇歇。沉沉的花布袋，四只苹果，三只梨。

苹果失去光泽，梨软软的，一看便知存放已久。外婆有个习惯，吃水果先选坏的吃，好的藏着。等到舍得吃时，好的也快变坏了。有时水果烂了，肉疼抹眼泪。这便是她的珍惜之道。眼睛欢喜，心里踏实。有人说，飞禽走兽会老，树木花草会老，人也会老，但岁月不会，记忆不会，牵挂不会，爱更不会。

外婆送来水果，母亲好生自责，给外公过中秋节的两瓶酒和五包烟，还未曾送去。

"八月桂花遍地开。"邻村有株老桂花树，一搂粗，枝头盛开近半。桂花金黄色，四瓣，花瓣椭圆形。

朗月清辉，苍穹高悬，月光如水银般流淌。母亲换衣，洗手，抬出案桌，放于院落。

月饼、长藕、菱角、苹果，三只白瓷碗，盛白开水。焚香，点烛，燃鞭炮，叩拜。乡间祭祀仪式隆重，唯供月时，男人不叩拜。（女不祭灶，男不拜月，乃乡风也。）

桂子月中落，天香云外飘。传说，月亮里有棵桂树，高五百丈。这甜腻的桂花香，邻村飘来，还是天空飘降？浓香厚实，随风而行。

母亲闭目，双手合十："保佑全家身体好，风调雨顺年成好，小满听话读书好。"年年三句老话，一点新意都没有。

"慈悲为本，方便为门"，慈悲之心是万物生生不息的泉源。人间因为有慈悲，所以有欢喜和快乐、希望和未来。

母亲有慈悲心，家中的幸福怎么会老呢？

白有白的道，

黑有黑的理，

在那遥远的地方，

住着世间最美好的想象。

◎ 秋分

春分秋分，昼夜相等，阴阳势均，黑白平分。春分"天门开"，阳气渐升，多喝水；秋分"地门闭"，阴气渐盛，需添衣。今日秋分，算命打卦看风水者，半价也。

王瞎子于竹门南侧贴黄纸黑字，许多个脑袋仰着围观。有人羡慕，瞎子望风水准了，兴化城的人乘大轮船来带他。

有人惋惜，瞎子命不会长，老天爷的话全被他说了，减寿啊。有人反驳，瞎子又望不见，瞎子瞎说，哪个愿意哪个相信。公说公有理，婆说婆有理；人嘴两张皮，咋说咋有理。

不知谁喊了句："望甚呢，下田做活计啊！好天气，不干活，响雷打头。"大伙扛起连枷挑叉，挎着竹篮散了。田是什么？有人耕种的地才是田，没人耕种的地就是荒。

春分雷乃发生，秋分雷始收声。一发一收，一个轮回。雷，乡村社会的道德悬剑，敬畏自然的心灵见证。人在做天在看，人做昧良心的事，会五雷轰顶。

古人云："从善如登，从恶如崩。"乡村社会的道德作为做人的基本准则，一代代不懈地传承，而今快节奏的我们离开了乡村，丢失了传统和禁忌。"十年树木，百年树人"，再想找回它们，可能需要漫长的时间和无限的努力。

今日放假半天，先生们到乡里开大会。那时最兴奋的事情，便是先生开会，学校放假。突如其来的幸福，总让人欢呼雀跃。

抖不尽的芝麻，拾不尽的棉花。搁墙角的芝麻秆，用短木棍敲打数遍，母亲交代继续敲。"休言播种颗颗小，喜看开花节节高。"芝麻种子，端午节后播下，撒在高高的圩堤坡地。芝麻怕水，浸水必死。

芝麻花，开于盛夏。纯白色，穗状花絮，形如喇叭，顺着秆从下往上次第开放。风吹吹，日晒晒，叶子渐黄，扁而微椭圆形的荚儿点点灰斑。母亲下镰，捆捆扎扎挑至院内。

一块花塑料布，左手倒提芝麻秆，右手握木棍用劲敲。哗啦哗啦，芝麻粒落了下来。

"夏爹爹夏奶奶在家吗？"脆脆的熟悉的声音。我抬起头，玉丫头正扶着门框。快半年没见过她，马尾剪成短发，脸颊凹陷。

"噢，爹爹奶奶下田了，妈妈也下田了。"我的心，有些莫名其妙地乱跳。

"妈妈让我来找几根芝麻秆，三十晚上敬菩萨。"玉丫头说话费劲，脸涨得红红的。

"等一会儿，敲好了给你。"我收回慌乱的目光。

（古人立国，以测时为急；后世立国，以治人为重。古代帝王春分祭日，夏至祭地，秋分祭月，冬至祭天。乡间风俗，逢年过节，敬天尊祖。）

玉丫头坐在爬爬凳上，低眸，摆弄着芝麻。一个个黑白的芝麻，细腻如玉。一把在手，芝麻纷纷从指缝间滑落。幸福如同手心的芝麻，越害怕越容易失去，抓得越紧失去得越快。

玉丫头问学校的事情，我吞吞吐吐。她微笑，颔首。

我添油加醋。芦花鸡斜眼望望，摇摇头，好像在质疑。一跺脚，它们便四处乱窜。

玉丫头笑呛了，直咳嗽。云朵不浓不淡，风儿不缓不急，空气不热不冷，阳光正好。玉丫头扛起五根芝麻秆，挥挥手，跨出家门。我脚板一动没动。

玉丫头宽衣长袖，憔悴得宛若枝越冬的芦苇，弱小的背影让人怜惜。想想有些后悔，我是如此残忍跟冷漠，可世上哪有"后悔药"啊。

有时，错过也就错过了，没了也就没了。从那以后，再未曾见过玉丫头。秋分的告别，便成永别。无数次梦境，"芝麻开门，芝麻开门"，玉丫头手扶木门框，探着头冲着院内脆脆地喊。长长的马尾，系着两根粉红色绸缎蝴蝶结。

"大扁头"屋后的小树林，呆坐。蝉鸣嘶哑，少了暑日此起彼伏的圆润。蝈蝈草丛间鸣叫，密密如织，若丝若缕，明明近在脚边，又仿佛远在云霄。小灰蝶欢天喜地地翻飞，随风儿一会上下，一会左右，我却一点儿都欢喜不起来。

脚下，瓷片花纹古老，有人有月有花。圆的碗底，有字。我拣片旧瓷，沿着水面削出去。瓷片在跳行，一下，两下，三下……晃晃，沉入水底。

河水粼粼，阳光细碎，有不甘寂寞的鱼儿一闪而过。瓷片没了力气下沉，人没了力气，沉哪儿？鱼在水中，鸟在天空，我在大地，泾渭分明。

"寒暑平和昼夜均，阴阳相半在秋分。"世间"八意象"：天、地、日、月、山、泽、雷、风。日为阳，月为阴；生为阳，死为阴；男为阳，女为阴。阳则刚，阴系柔。阴阳相契，刚柔相济，生生不息，前世今生，天地自适，生命均衡，此乃天地之道法也。好似一下子明白了什么，又好似什么也没弄明白。

俗语云："稻黄一月，麦黄一夜。"田野里，满目金黄，稻穗低垂着头。稻香四溢，把成熟和喜悦传递给远方。

父辈们弯腰拖碌碡，"做场"。场者，空地也，用来打晒粮食、堆草垛和栽油菜。碌碡，青色的石磙。朝外粗，朝里细；两头正中有方孔，嵌枣木磙脐，套磙框，配短轴。家中无牛，父辈当牛。逆时针一圈圈地走，一遍遍地轧，场光亮洁净，像面镜子，能照见勤劳和辛酸。

稻草人，穿旧衣，戴旧帽，手持红布条或破扇子，守着田地与稼穑。一只麻雀停在肩上，品头论足。

经过田垄，两个学生，一男一女。女的四处张望，男的蹲身拔胡萝卜，拧掉萝卜缨子，洗也不洗，在裤腿上蹭蹭。

俩人你一口，我一口，窃窃私语，满心欢喜。

一下午挖地三尺，也没能猜出是谁。秘密是个奇怪的东西，大了容易爆炸，小了容易丢失。我把秘密告诉礼官，心里舒坦多了。

礼官凑上来说："本大人告诉你，人和人好，鬼和鬼好，苍蝇和烂腿好。管他们呢，胡萝卜在哪儿？"

田垄处，他拔起两根胡萝卜，红红的，圆圆的，上粗下细如同小棒槌。在袖口上蹭蹭，他一根，我一根，满口生香。

我随口说道："今天秋分，王瞎子算命半价。"

"婆爹爹说的秋分这天太阳照在一个叫赤道的地方，人没有影子。"礼官嘀咕。

鬼在月下，才没有影子呢。人没有影子，不成鬼了。我指着礼官的脚下，故意嚷起来："没有影子，没有影子了！"

礼官张大嘴巴，盯着脚。我拍拍屁股，狂奔。

摸得着看不见的是风，看得见摸不着的是影子。奶奶常说，影子是一个人的魂。我们做错事，她会用筷子敲我们的脑袋瓜子责备，没有影子了，没有影子了。意思讲，这不是人做的事，只有鬼才会做。

"金气秋分，风清露冷秋期半。凉蟾光满。桂子飘香远。"木格窗外，雨声窸窸窣窣。母亲油灯一点，白跟黑，里跟外，一分为二，两个世界。站于屋檐，面对无尽的秋色，谁与我平分？村子静落，烟雨霏霏。

是谁，点燃我们的梦想。

乡村的风真大，

一不小心，

露珠吹破了，一些梦想吹碎了。

◎ 寒露

秋分如同一扇门，门里是白露，门外是寒露。"露水先白而后寒"，以一滴露珠的冷暖来诠释秋季的深浅，古人雅致之极。

屋前的池塘，水清得像面镜子。虫鸣顿失，芦苇几株健硕，点点白花。风穿过衣领，寒意丝丝。空气里一股清凉的味道。

"秋风凉，青瓦巷，古来多少人曾行，各有伤怀。"小青砖铺砌的中巷，弓形，光亮。兰月婶家紫色的牵牛花像喇叭，滚动着露珠。牵牛花，牵牛而行，花儿绽放，红尘最凄美的相遇。闭上眼睛，那个叫夕颜的女人，从《源氏物语》中缓缓走来。

（为什么在焦头烂额的都市，常常梦见巷口的牵牛花？为什么念念不忘？我感到很蹊跷。正如乡村渐渐消失的鸡鸣和炊烟，有谁知晓为什么呢？）

"二呆小"（绰号）胖，四代单传，王氏家族顶级的宝贝，捧在手里怕摔，含在嘴里怕化，逢人让他三分。比我低两个年级，他成天装扮《射雕英雄传》里郭大侠，觉得自己有天大的本事。他披绿色外套，领扣紧扣，双袖空垂，跨下一竿青竹。

兰月婶穿灰长裤，系蓝底白花围裙，院角撒把米糠。鸡们蜂拥而来，争先恐后地抢。兰月婶唠唠叨叨数落："急什么急，上辈子没吃过食呀。"两三岁的孙子阿宝，戴双耳虎头帽，眼睛如黑棋子般明亮，"咯咯咯"地撵。一只芦花鸡迈出大门，阿宝摇摇摆摆紧跟其后。

"二呆小"头仰朝天，口中高唤"驾驾驾"，呼啸而过。阿宝哪见过这架势，一屁股蹲儿坐地上，"呜哇呜哇"地号。

望着"二呆小"远去的背影，兰月婶急得双腿直跳，高声呵斥："你个千刀杀的，忙着去投胎呀！"

"二呆小"得意，踢飞三只觅食的鸡，吓跑四条闲逛的狗。却被两只无名的老鹅，挡住道。老鹅雪白，别着头，左摇右晃，踌躇满志地并排走在巷子中央。这还了得，哪个敢挡他"二呆小"大侠的道。

"二呆小"用青竹抽，老鹅不躲闪，头高昂。他一把抓住老鹅的脖子，狠狠地扔一边。老鹅奇怪了，在地上翻个滚，"嘎嘎嘎"爬起来，又走到巷子中间。被藐视绝对是侠客们最大的耻辱。

可怕的事情发生了，两只老鹅一唱一和，同时伸长脖子，主动用硬硬的红喙攻击他。"二呆小"模仿电视机里的语调："糟了，六位师傅又不在。二师傅曾经说过，打不过，跑。不行，没打怎知道会输。""二呆小"门牙缺一，说话灌风漏气，咝咝地响。

噼里啪啦挥舞"打狗棍"，一番较量后落荒而逃，又重重地撞上巷子岔口的电线杆。额头破，眼角青，"二呆小"哭得很伤心，再也不肯策马扬鞭。不是疼痛，而是因为毫无防备，他无上荣耀的大侠梦被撞碎了。

九月初九"重阳节"，无聊的节日。据说登高可以避灾祸，饮菊花酒，能令人长寿。村落平原地区，无山丘可登。《西京杂记》记载："菊花舒时，并采茎叶，杂黍米酿之，至来年九月九日始熟，就饮焉，故谓之菊花酒。"只听说九叔擅做"米酒"，不知他是否饮过菊花酒。

我对"重阳节"的认知来自课本："独在异乡为异客，每逢佳节倍思亲。遥知兄弟登高处，遍插茱萸少一人。"古人有趣，竹杖芒鞋，青衫长剑，渔舟孤帆，青梅煮酒，一生寻梦。永远不愿待于家中，羁旅漂泊；永远空庭得秋长漫漫，寒露入暮愁衣单……

有人说，所谓故乡，因为爱在守望。古人寻梦，像只风筝，不管走多远，心系故里，那根叫乡愁的线都永远绷着。很可惜，我们也在寻梦，好似漂泊的蒲公英，随意停落，迷失爱的方向。

天空澄澈，秋阳温和，站在村东头"幸福大桥"，迎着风。它是至高点，能看见村落、河流、田野和远方的远方，我全部的世界。

村庄静谧漂浮水上，绿树掩映，黑的烟囱，灰的屋顶，青的砖墙。塘港河，水清可鉴脸。轮船队拉长鸣笛，缓缓驶过桥下。有时恍惚，轮船队未动，桥在后退。曾无数次心痒欲试，一跃而下落入船舱，随轮船队去闯荡，可梦想与行动总存有距离。常说人生精彩，也许就是一次次的冲动。

风吹稻浪，起起伏伏，如潮水般涌动。戴草帽的父辈双手背于身后，眼睛微闭，漫行于田埂。半个月左右，他们将挥舞镰刀收获喜悦与希望。

乡谚："寒露不摘棉，霜打莫怨天。"母亲们在跟棉花较着劲，一个拼命地开，一个使劲地拾，一个不让一个。院内西厢房里，棉花快堆成雪山，躺卧其间，松松暖暖的阳光气息，纯洁缥缈的童话世界。

河岸两侧高高的圩堤笔直，一眼望不到尽头，好像人的念想。圩坎上一丛丛粉红或湛蓝色的无名小野菊，熙熙攘攘，圆圆的花朵，格外艳丽。喧哗的模样，使岁月增添几份欢腾的气息。淡淡的清香，芬芳着萧瑟的季节。草木皆因阳气开花，独有菊花因阴气而开花。

仁雪提着短柄铲锹，蹲着。仁雪，三爹爹家的丫头，"仁"字辈，长我一辈。双胞胎弟弟叫仁月。姐弟俩从小读书用功，功课好，是整个家族的榜样。

三爹爹磨豆腐，人称"夏樵楼"，头发早白，脸上一道道深褶子。人生三样苦，"行船、打铁、磨豆腐"。四更天，"吱吱呀呀"磨黄豆，做豆腐百页。小本生意，俩孩子读书，生活捉襟见肘。

姐弟俩预考通过，全乡轰动。高考时仁月考中北京，仁雪发挥失常，名落孙山。仁雪没复读，短头发拿根橡皮筋一扎，当了村姑。有人私下谈论，仁雪这丫头懂事，故意没考好，都考中了不把"夏樵楼"的腰磨弯了。有人说，雪丫头命苦，属羊，将来找婆家男方说不定要挑剔了。转过身，三奶奶眼角泪水直涌，抬起手背擦，怎么也擦不完。

阳光暖暖的，圩堤上黄狗奔得欢，两只马蜂嘤嘤嗡嗡地飞。仁雪脸庞消瘦，双目木然地对着流水发愣。我喊道："雪姨，雪姨。"她怔怔地抬起头，朝我挥了挥手。

仁雪穿双白球鞋，蓝色长袖布裙，头发随意绾成个髻，可能头发长的缘故，一小绺掉出来，显得更加俊俏。脚下几十朵野菊花，艳艳地醒目。我讪讪地问道："雪姨，你薅菊花呀？"仁雪"扑哧"笑出声来，举着铲锹做鬼脸吓我。

一群大雁排成"人"字形，掠过天际。天高云淡，望断南飞雁。仁雪手遮凉棚，神态庄重，嘴唇嚅动。她在默念什么？又在思索什么？担心山山水水，归路漫漫的鸿雁们；念起那飘着梦想的校园，那些牵挂的人；还是生命中那执着奋斗的东西，永远地去了，不再回来……残阳笼罩，一身胭脂色。清澈的眼眸，似乎悬挂一滴泪珠。柔柔的她显得如此美丽，如此让人怜悯。

河面吹来凉凉的西南风，明天会下云头雨吗？一声长，两声短，鸟鸣脆脆的，仿佛在告别流逝的岁月，又仿佛在召唤坎坷的未来。

补记：父亲通"六艺"，礼、乐、射、御、书、数，重情意，讲孝道，本该有一番大作为。一直以为自己很懂他，为他惋惜。

多年以后，父亲佝偻，双鬓染白。巷口，村人们每每遇之，礼让，尊称夏先生好！父亲坦然应答。其实，梦想没有高低，也没有大小。"天高昼暖夜来凉，草木萧疏梧落黄；昼享菊香播小麦，夜尝梨贝养脾肠。"也许这才是真实的父亲。

降霜的夜，

闭上眼睛跟嘴巴。

听，

福降的声音。

◎ 霜降

天空黑咕隆咚，星星们昏昏欲睡。粉根挑着两筐水灵灵的蔬菜，晃晃悠悠，走在通往街上的田间小路。路是泥土路，松软有弹性。

有时，他搁下菜筐，弯腰脱下只短嘴套鞋，放在扁担上敲敲。原来，几粒小石子硌得脚板生疼。翘起兰花指，取下右耳后的香烟，横在鼻孔嗅嗅，没有点燃。拂拂左肩水渍，凉凉的，湿湿的。"暮秋已至天气凉，草木摇落露为霜"，老天爷把粉根当作世间一棵草。

远远的天空，渐白起来。院内，芦花鸡们"咕咕咕"地绕着圈，母亲难得地晚起。推开木格窗，一股冷气冲入，我不禁打了个喷嚏。

隐隐地，能听见村外学校的读书声。自从仁月考中北京。村里的孩子们像打了鸡血，天刚蒙蒙亮就争先恐后地背起书包上学校念书。成长需要榜样，它是一种信念，更是一种力量。

那时候的人没有野心，孩子们的眼神清亮，目光纯真。大伙一样的贫穷，念书不全是为了钱。我觉得那个时代有让我们值得骄傲一生的东西，值得怀念一辈子的人和故事。

炊烟袅袅，弥漫着南瓜的糯甜和小米粥的清香。巷子里，端碗的乡亲头发凌乱，脸庞黝黑，枕着书声，舒心地闲谈稼穑农事，邻里趣闻。桥口电线杆上的喇叭响了：各家各户请注意，各家各户请注意，哪家的猪跳窝了，在粉根田埂拱山芋，快去赶家来！快去赶家来啊！哄的一下，人都散了。

红砖路湿漉，刷白石灰水的学校被雾半笼，好似仙境。朗朗的读书声在旷野中传送，越传越远，越传越响。恍惚间，学堂变成求佛的圣堂，我变成虔诚的小沙弥。雾是乡村的神奇之物，重重屏障，一掌虚无。它给胆小者以迷惘，给勇敢者以坚强。

父亲倡导吟诵古典，他希望我们能够铭记这些古人传下来的优美句子。学生们摇头晃脑地读："霜降水返壑，风落木归山。冉冉岁将晏，物皆复本源……"填鸭式般不解其意，只觉得合辙押韵上口好玩。当初的有口无心，却已悄然铭刻于心。其实，许多好东西只有经过岁月的沉淀和发酵，才能懂得那是一种弥足珍贵的美。

学校曾是座庙宇，是一位外地女人所修。十二间房屋，貌似北京四合院，供的木塑观世音。每日晨钟暮鼓，警醒觉悟，涤荡胸怀。

后来，木塑像抛入火堆，化为灰烬。外地女人被赶出，十块八块砖头砌几级台阶，大门口两侧书写：好好学习，天天向上。

在乡村，许多学校是由庙宇改造得来，方丈出门，先生入。其实，方丈跟先生有什么区分，都是净化人性普度众生。只不过，一个念经、一个念书而已。

（多年后，成为作家的建武家儿子云晓写道："夏先生窗口那盏橘黄的油灯，曾温暖我苦难的前程，他是我生命中永远的佛。"）

"新筑场泥镜面平，家家打稻趁霜晴。笑歌声里轻雷动，一夜连枷响到明。"粉根嫂手套红膀套，头扎红方巾，活像个刚进门的新娘子。"咿呀咿呀"甩动着连枷，一起一落，一张一弛，行如流水，熟透的黄豆壳纷纷爆裂。麻队长父子俩，一上一下堆草垛。儿子在下面叉草，麻队长在上面码。堆草垛跟砌筑房子一样，样式多，紧加凑，坡度陡，雨不漏。剃头匠建武丢了翻耙拿扫帚，背着推板，一跆一拐地翻场。

阳光暖暖地晒着，人发困，看晒场的粉根倚着草垛脚打呼噜。粉根清瘦白净，忙时"盘园田"，闲时读古书，种了七分地的口粮田。

他家晒场小，离河最远，僻静。麻雀们纷纷趁机寻食，一拨一拨地飞落。吃饱了，左跳跳右蹦蹦快乐地争吵。打连枷的粉根嫂来气："粉根，粉根，死哪去了？"

粉根涎水老长，梦正香：被猪拱的山芋地，蔫蔫的山芋藤缠绕成团，拳头大的红山芋狼藉四周。心疼处，忽见土中一块金疙瘩，拾起来撒开脚丫往家直奔。

俗话说："霜降见霜，米谷满仓。"起风了，放晚学的父亲如约而至，扬场。用木板锨铲起稻谷，抛向空中，瘪子草屑等被吹成三道，一仰一俯看似简单，其实最能衡量一个庄稼人本事的大小。父亲曾手把手教过我：前腿弓，后腿蹬，身前倾，面侧风；铲半锨，向上抛，抓要稳，劲使匀。

风可不等人啊，父亲要乘风场把五亩七分地的稻谷扬完。稻谷一锨锨被斜抛上天，经过风的过滤，一粒粒金黄的谷子从天而降，一滴滴汗珠也从天而降。夕阳中，闪烁着无比耀眼的光芒。父亲教诲："人不偷懒，福从天降。"

打谷场位于村庄的西北方向，紧靠茅山河。河水浅，一丛丛红蓼，根茎如竹，青里透红。叶片宽大，粉色的花穗，有细细碎碎的淡香。九叔说做米酒离不开红蓼，红蓼是酒引子。菖蒲叶形似剑，不复彼时葱茏。一簇簇，守着寒水，动荡于寂寥的秋光。每逢端午，奶奶会将蒲叶与艾草同插门楣，避疫祛邪。

孩子们放学了，在打谷场喧腾。打滚，摔跤，斗鸡，捉迷藏，翻跟头，爬草垛……自留地几十根甜芦穄，形如玉黍，秀叶半黄。"鼻涕小"悄悄徒手去拔，没拔动，按节折断。甜芦穄大暑时节最甜，生生的脆，满口的甜汁。

经霜的萝卜赛人参，霜打的青菜起甘甜。二秃子家的桑树叶，被寒霜历练后，手一碰脆脆作响，称为偏方"神仙叶"。甜芦穄染霜，皮硬，"鼻涕小"用板牙撕，嘴角被锋利的甜芦穄皮割开道小口子。拖着长鼻涕，左手捂住嘴巴，右手握甜芦穄，"鼻涕小"嘴里呜呜喊："姆妈，姆妈。"

鼻涕婶匆忙找来蜘蛛网止住血，拧着"鼻涕小"的浓鼻涕，甩出三丈远。心疼地说道："别好吃了，馋人没嘴福啊！"

天说黑便黑了。草垛旁边，粉根两口子在斗嘴。

寒露早，立冬迟，霜降收薯正适宜。"山芋没有了，我倒要去评个理。"粉根嫂嘴噘得能拴头驴。

粉根赔着笑："算了算了，吃了又吐不出来，猪它又认不得地。"

"那猪咯是眉丫头家的？"粉根嫂斜睨他一眼，竖着食指问。

"不是的，是夏先生家的。"粉根头摇得像拨浪鼓。

粉根嫂嘴一撇，不作声。粉根故意用胳膊肘碰碰粉根嫂，买了苹果和柿子。粉根真是睁着眼睛说瞎话，我家从来没养过猪呀！

土地庙，在村庄的东南角，临塘港河。高八尺，宽一庹，青砖灰瓦，一大间。三尊泥塑像一尺高，中间白胡子老头，拄龙头拐，老太婆笑容可掬地站两侧。

孔子曰："祭神如神在。"乡村人有个三灾八难，都去求神。在他们眼里，小病求小神，大灾拜菩萨。中国人的信教广泛，文拜魁星，武拜关公；可念无量天尊，可诵阿弥陀佛。

粉根嫂挎着竹篮，盖着红方巾。结婚两年多了，肚子仍未鼓起来，甚急。每逢得了好东西，都来土地庙供供。

苹果（平平安安），柿子（事事如意），两根蜡烛，三炷香，磕仁头。粉根拎竹篮，粉根嫂扭着圆滚滚的屁股。我和礼官躲在巷子拐角，掏出藏于裤兜的苍耳，将食指弯成一张弓，大拇指用劲一弹，苍耳像把流星锤。苍耳黄褐色，布满针刺，黏在粉根嫂的屁股后面。

粉根嫂下意识地一摸，呲牙咧嘴地蹦起来，"万把钩""万把钩"（苍耳的乡称）。粉根斜头望，几粒苍耳挂着。翘起兰花指，放嘴边，嘘！俩人脚步缓慢下来，像两只深夜偷情的猫。月亮半遮半掩，稳稳当当地跟着。

邪乎了，来年大雪节气，粉根嫂生了个七斤二两的大胖小子，满脸福相，小名"钩子"。粉根通庄送红蛋，乡亲们替他欢喜。

王瞎子说，心地善良的人，福报在路上。王瞎子的嘴，乡村的另一种风水。

冬天
做一个温暖的人

家，

温馨明亮。

黑夜无光，

你是否记得回家的方向？

◎ 立冬

　　倚着屋后单扇木门框，弯着右腿，"大扁头"瞅瞅天，若有所思地嘟哝："庄上怎么空了。"神秘兮兮地自语，几十株杂树听到了，还有我。

　　"大扁头"脑袋如盆，吊角眼，没有哪个欢喜跟他一块玩。偏偏父亲赞许，夏如宝（"大扁头"学名）头大聪明，眼睛藏东西，将来笃定有出息。

村头夹巷转了几圈，我终于得出结论，"大扁头"的眼睛真有毒。风乍起，鸟儿不见踪迹，去了温暖的南方。田野旷远，枯草衰，几座坟冢散落。蚊蚋、豆娘、蚱蜢一些昆虫殆尽，青蛙、水蛇、蚯蚓一些动物冬眠。

庄上的树不晓得听到了什么命令，一夜之间叶儿渐黄，画着优美的弧线，纷纷飘零。梧桐叶宽，几片挂于枝条，应了北宋张耒那句"梧桐真不甘衰谢，数叶迎风尚有声"。银杏一树如金，风轻树静，杏叶一片一片按顺序飘落。仁雪穿着红毛线衫，孤寂寂地捡拾。一本诗集静静地守着，带有几许落寞和感伤。

（五年后，仁雪远嫁他乡。那本诗集早已发黄了吧，那些杏叶是否依旧躺在页间，那些家乡的思念是否飘散……每个人心里都珍藏着故事和秘密，那是关于青春的时光记忆，如梦般缥缈的酸甜。）

爷爷背起三爹爹烧浆的大铁锅，随村里的"劳力"们乘船去一个叫高邮的地方，挑河。"自己出钱，自己挑；自己带粮，自己烧。"中国的农民，是地球上最勤劳、最善良、最淳朴的农民。

爷爷不懂《农政全书》中的锄四法：镞、布、拥、复。但他锄地总是锄四遍，俯身大地，无限虔诚。因为这块土地哺育了祖祖辈辈，它蕴藏着仁厚、善念和感恩。

有诗云："北风往复几寒凉，疏木摇空半绿黄。"风带寒意，水尚未结冰，不咬人。奶奶着手腌咸菜，这是家里的头等大事。乡言，想要捧上"铁饭碗"，需吃三年咸菜饭。

青菜从自留地拔回，敲泥块，削菜根，剥黄叶。勿用水清洗，失味，如有泥土，取湿布条擦。茎白叶青，一排排晾于麻绳。芦花鸡们拍打着翅膀"咯嗒咯嗒"地跑，伸长脖颈，一年难得的盛宴。

奶奶找来咸菜缸，用河水洗净。咸菜缸是奶奶的陪嫁，半米高，敞口鼓腹。缸身绘着枯枝花鸟，三只鸟全都翻白眼。据奶奶说，缸是祖上装画用的。

晒两三天太阳，青菜瘪。叶片粗盐拭擦，茎与茎之间撒细盐，码于洗澡桶，砖头压之。一昼夜，青菜渐软，卤水出，青色，倒入瓷盆。

黑色的瓦楞，覆盖薄薄的清冷。屋檐下，奶奶坐在矮爬爬凳上，双手搓青菜，两棵两棵地揉。卤水辣手，易脱皮。我问奶奶，手疼不疼？奶奶温暖地笑，展开手掌，老茧如豆，掌纹如沟。搓一下我的脸，糙人。月亮真圆，奶奶腕上的银手镯，随着单调而机械的动作，一闪一闪的明亮。

青菜搓八晚，每棵揉八遍，层层码于咸菜缸。沉淀的卤水和盐水一起倒入，水漫过顶，搬檐头古麻石压。"陶家瓮内，腌成碧绿青黄；措大口中，嚼出宫商徵羽"，乡人才谓之"熟"。

俗语："老太太，盘咸菜；牙齿空，咬不动。"咸菜熟生，全靠一双手控制。这是种手艺，更是一种传承。它包含着对生活的憧憬、岁月的馈赠和大自然的敬意。

《诗经》载："八月剥枣，十月获稻。为此春酒，以介眉寿。"立冬一过，本家九叔就开始做米酒。九叔，头小，肚大，个矮，好喝白酒。早年在外闯荡做木匠，赚了点钱，学人家当老板，合伙做皮鞋生意。俗话说，做生意不懂行，好比瞎子撞南墙。钱被骗，老婆跟合伙人跑了路。后来，娶了个渔船上的九婶，九婶又一不小心掉河里淹死了。从此九叔孤衾冷被一个人。

九叔胡子拉碴，邋里邋遢。白酒戒了，自己做做米酒。借来糯米，筛出碎粒，洗净，浸泡一天一夜。木蒸笼，硬火。蒸熟后，散开待凉。酒引子泡水后跟糯米搅拌均匀，边拌边念咒语。最后，层层摁入陶缸，放入草窝子，盖上棉被，四五天米酒便成了。

葛取兵《红蓼》中描述："每次做完，还特地在糯米中间留一个洞，父亲称它为酒窝。人脸上也有酒窝，在腮上，一笑酒窝显出来，增添几许妩媚。"九叔留不留酒窝，不晓得。我只晓得眉姨的酒窝，村里的愣头青们看着看着就醉了。人脸上的酒窝里，也藏匿着酒吗？只有天晓得。

想不到，我会跟"大扁头"干一架。太阳黄晕，渐落西天，小树林里空荡荡的冷。"大扁头"神神道道，吴琦会死。我像一条发疯的狗，呲牙咧嘴地冲上去。

"大扁头"太强大，我用手拽，脚绊，头撞，口咬，还是被他死死地压在身下。脸破相，塑料裤带断裂，我是提着裤腰回家的。但我一点儿都不觉得狼狈，因为他的小拇指印着我深深的牙痕。我用我的嘴，狠狠地报复他的嘴。

　　天擦黑，罩灯初上。"大扁头"的母亲莲粉婶领着"大扁头"风风火火地闯进门。

　　"说，为什么打架。不要命了，连夏先生家的公子你都敢打。你头要上天了！"莲粉婶发梢上粘着草屑，抬手刮个"大扁头"的脑勺子。

　　母亲赶忙搁下粥碗，跑出来劝阻："不打，不打！"

　　他先打的我。"大扁头"嘴一瓢。

　　"犟嘴，鬼才相信呢。"莲粉婶厉声呵斥。

　　"我就说一句吴琦会死，他就咬我。庄上哪个人不会死啊。""大扁头"斜着吊角眼，不服气。

"塞块狗屎在你嘴里，叫你再瞎说。"莲粉婶随手抓片地上的黄菜叶。母亲一把拦住说："小孩子不懂事，早上斗架，晚上好。"

母亲把我耳朵一阵拎，方桌上唯一的鸡蛋也揣进"大扁头"的口袋。"大扁头"哭哭唧唧地家去了。

一场雨，一场凉，雨点滴滴答答，岁月的递嬗，让人徒生几份孤寂与愁绪。吴师娘忧心忡忡，三天两头跟母亲躲在西厢房，嘀嘀咕咕地说话。有时，放晚学了还没走。

《西湖游览志余》载："立冬日，以各色香草及菊花、金银花煎汤沐浴，谓之扫疥。"吴先生走路不如以前健步，送来"神仙粥"：一把糯米煮成汤，七个葱头七片姜，熬熟兑入半杯醋，伤风感冒保安康。叮嘱，小满读书用功，外面寒气重了，"神仙粥"祛寒。

吴先生吴师娘两个消瘦的身影，一前一后地走。每次母亲都送到门口："明儿再来呀！"吴师娘回头笑笑，带着一种难以言表的僵硬跟苦涩。

如果春天的风，能够吹落夏天的雨；如果秋天的月，能够照亮冬天的雪；如果"大扁头"眼睛没有毒……一切会不会重新来过？

　　一语成谶。格窗外凄风冷雨，天空没有星星和月亮，铺天盖地的黑。乡政府的小铁驳船停靠水码头，接走吴先生一家三口。母亲眼泪汪汪地说，玉丫头已经站不起来，浑身软，被吴先生裹着棉被抱进船舱。

　　有时，一转身就是一世，一次分别便是一生，玉丫头从此消失于我的生命中。但我固执地认为，是秋分没帮她扛芝麻秆，玉丫头怄气了，玩躲猫猫，忘记了回家的路。

清寒的村庄，

屋顶铺满白霜。

炊烟袅袅，

生活便充满味道。

◎ 小雪

  小雪伊始，寒冷渐厚，冬天正式拉开序幕。《月令七十二候集解》说："十月中，雨下而为寒气所薄，故凝而为雪。小者未盛之辞。"

  此时，天腾地降。阳气升，阴气降，天地不通，阴阳不交。天地间距离感顿生，村庄和田野呈干净状，给人一种意犹未尽的清寒与豁达。放翁云:"久雨重阳后,清寒小雪前。"

早晨,池塘轻雾腾起,缥缥缈缈成团。荷叶萎缩覆于水面,荷梗耷拉着黑色脑袋。一丛细瘦的芦苇茎秆,花穗浅灰,头重脚轻。

小雪见晴天,有雪到年边。太阳三竿高,阿黄悄然外出游荡。不用寻,黄昏而归。不晓得它的行踪,仿佛有只看不见的手,操纵着一切。

天空蔚蓝,偶有薄云如纱。巷子里,麻雀屎白灰色,鸽子屎犹陀螺状,鸡屎成块,臭味淡。礼官爷爷说,可别小瞧这些粪便呀,偏方入药可治病。人便臭,不如猪粪肥田。

没人剃头,建武戴着旧黄军帽,在屋后修剪树枝,给梨树剃头。头发长了,要理;枝杈乱了,要修。我不听话,父亲便用他的"生姜拐"修理我。看来世间万物的茁壮成长,都离不开修跟理。修理的背后,是一种温暖和期待。

建武举把斧头,没用锯。好生奇怪!他得意地笑,斧子砍树,树不疼;锯子锯树,树疼。

树会疼？我扭着头，盯着他的手。五指白净，如葱。

树跟人一样，只是不会说话。修树跟做文章一样，办法多了，比方短截呀，疏枝……他滔滔不绝。一大箩筐的话，我左耳进右耳出，耸耸鼻翼，我仿佛闻到肥皂的味儿。

庄西头，粉根院子东西两进，外院和里院。里院圆门，院内寂寥。院墙上，白猫无聊地走来走去，时光静止又安逸。

菊花粉红色静卧，花朵若拳，花瓣如丝，蕊寒香冷，有点古时文人的气息。"荷尽已无擎雨盖，菊残犹有傲霜枝"，粉根在拾掇。《花经》记"菊历"："从立春止肥、雨水酵土、惊蛰膏地、春分分秧，到寒露观赏、霜降衡品、立冬剪除、小雪培根，二十四节气，真正无一刻之闲。"

婉转的歌声传来："我从山中来，带着兰花草；种在小园中，希望花开早……"粉根有三宝：古书、菊花和收音机。据传他的收音机高级，七管两波段半导体，夜半子时能收听到外国台。

"小满，来，来，来！"粉根召唤。

净手，焚香。他家堂屋中间，有一张长形条桌。其实是座翘头案，以前我不懂案跟桌子的区别。后来读到拍案叫绝与拍桌子瞪眼，都是一个"拍"字，但产生的情绪却完全不同，原来案比桌子等级高多了。一个承具都分得如此清楚，也许这就是中国文化的精髓之处。

三足两耳铜香炉，一炷香。《说文解字》说："香，芳也。从黍从甘。"粉根捧出本线装书，破损厉害，封面上印有《古文观止》第六卷，竖排正体，从右往左读。指着"武曌橄、犟翟、聚麂"等字，本以为识字的我，通身痒痒。他打了个漂亮的响指，有显摆的意味。

奶奶焚香敬菩萨，粉根焚香读书。当初，为什么有点迷恋他。现在终于明白，书便是他的菩萨，他身上有书卷的味道，弥足珍贵的香。

村外，大圩，极目望去，田野一层薄薄的绿。新长的麦苗，一指甲盖高。空气清新，阳光大不如前。

枝丫空荡，如同张开的五指，斜刺向天空。两只喜鹊，飞飞走走，一唱一和地呼应。鸟巢格外醒目，格外祥和与恬静，注满诗意与美好。巢离不开树，鸟离不开巢，正如我们离不开故土。它是血脉，更是深深的依恋。

新栽的油菜秧，萎萎地没醒。油菜古时名为"芸薹"，有芸香之意。一个佝偻的身影，既熟悉又陌生。费力地拎着小水桶，挪动脚步浇菜，一棵棵，一勺勺。

风转向北方，吹进鼻孔，冰冰的凉。咸咸涩涩的味道，汗水的味道。打谷场的每寸土地都承接着汗水，每每遥望，都有一种无法抑制的感动。

塘港河水瘦了，"水葫芦"在戏耍。"水葫芦"极像小野鸭，灰色。这边一只屁股一撅扎个猛子，那边一只从水面冒出，还有三四只欢快地甩头跟游荡。数来数去，花了眼，分不清谁是谁。若即若离，演绎着家的温馨。

河对岸是块垛，前塘后河，俗称"河塘地"，乡亲们过世便都安葬于此。高高低低，大大小小的坟茔。它们是村庄外的另一个村庄，昼夜颠倒，烟火不生。

抓块脚下的土坷垃，有草木味。人真的跟草一般简单，生根，发芽，长叶，结籽，枯萎，最后归土。终有一天，也能如父辈们一样，安然地走进"河塘地"吗？

想想，鼻尖酸楚。不食烟火的日子，嘴巴闲置，欢愉失味，生活如何继续。孤独真是件好东西，它教会我们独自一人的时候，学着思考，学着成长。

圩坡上，三只狗。一只小狗毛茸茸的，阿黄跟只花狗亲昵地走在后面。阿黄回头瞥我一眼，有些难为情。我没敢跟近，初冬的狗鼻子失灵，会不分青红皂白地咬人。

飞机"嗡嗡嗡"，一群外村的野孩子，麦地里拼命地奔跑与呼喊。脖子仰酸，喉咙嚷哑，个个瘫倒，横七竖八。野鸡"呼啦"腾起，翅膀平展，优美地滑翔。孩子们又来了劲，你追我赶，满头大汗，乐此不疲。

飘来烤山芋的香味，泥土的气息。沟渠旁，一堆点燃的枯草，架几根棉花秆。不知哪个好吃鬼，寻来田垄间无意遗落的山芋。野鸡杳无踪迹，孩子们围于夹河，脱鞋袜，外衣和书包扔得远远的，运动衫捋得老高，大概发现了野荸荠。

明人王鸿渐《野荸荠图》："野荸荠，生稻畦；苦薅不尽心力疲。"野荸荠扁圆紫亮，肉色白，水里洗洗，门牙作刨，甜脆且无渣，有梨子的清雅韵味。据说收家荸荠，不用锹挖，用光脚板去"崴"。没有见过，不知真假。

"叮""叮""叮"，上课的预备铃声传来，我撒开腿脚。野孩子们像没有耳朵，无动于衷。

味分"五种"：臊、焦、香、腥、腐。每个村庄孩子的性格不一样，身上的气味也笃定不一样。其实，每个村庄都有自己的味道，天下独一无二的味道，只有鼻子知道。

一直喜欢"气味相投"四个字，更喜欢气味相投的人。

只要眉间有暖，

心中有爱，

世间所有的清冷和凄凉，

便会烟消云散。

◎ 大雪

村子寂静，屋顶铺霜。格窗外，两声悦耳的鸟鸣像晨曦划破重重雾气，划破一夜寻坑的梦。

乡下的老式床，最下面是竹排，一层厚厚的穰草，穰草上面是草席跟棉花胎。铺穰草的被窝暖和，有草木的气息。赖床不想起，但尿意太浓，实在憋不住。披棉袄，掀开草帘子，我冲入院内，对着东墙角的阴沟。

一条白龙，热气腾腾，骚味逼人。不由得打个激灵，酥麻过后，寒气从嘴巴鼻孔一股脑儿撞进口中。喷嚏不请自来，震耳欲聋，舒坦。人生三样东西隐藏不了：打喷嚏，贫穷和爱。

"十雾九晴"，雾跟露霜差不多，只不过霜花呈六角形。风大夜无露，阴天夜无霜，看来今天是个好天气。母亲依旧早起，"洋火"刺啦一声，灶塘火苗燃起。边塞稻草，边烘我的旧棉鞋。棉鞋明显小了，不合脚。炊烟比往日多了份凝重，于屋脊间久久不愿散去。

一村的树，枝杈空空，叶子落尽。寒风掠过，清冷，寥落。乡人不停地添加衣服。我们用草木包裹以御寒，如同一只只可怜的入秋之虫。鸟雀们比人类能耐多了，随季节轮回更换羽毛。草木伟大，人类卑微。

挑河的男人们归来，村落闹腾。"冬天到，冬天到，早上学堂不迟到。"唤小孩起床的声音，在巷子里此起彼伏，哪有小孩不赖床的？男人的训斥喝骂，包括粗手掌开始最大化地发挥作用。

竹椅和木凳，老人们半依半坐。厚棉袄，黑棉裤，老棉鞋，鸭舌帽，双手抄于棉袄。有时轻声细语地絮叨，不厌其烦；有时一句话不说眯着眼，牙床空空……一日两餐，"负暄"成为最有营养最实惠的午餐。

麻四老、癞根爹、老风林……他们大多苍老黝黑，板聋，铁炮也轰不动。他们平凡如蚁，跟村里的树木一样，他们在等，等着光阴老去。某一天，发觉少了个人。问后答道，去极乐世界。不喜不悲，如同一片冬叶飘落那般自然。

狗妈妈头动尾巴摇，墙角蹭痒。两只小狗胖嘟嘟的，不消停。人跟狗是朋友，狗忠诚，如果人类如狗般忠诚，这个世间将更加明亮很多。几只麻雀，跳跃着行走，丝毫都不胆怯。大会堂内的砖头碎片间，芦花鸡们偏着脑袋摩擦着自己的喙。

晌午，零乱的院子，挂满花花绿绿的棉被。小手冻得通红的顽童，于棉被间追逐打闹，冒汗的鼻子在棉被上揩揩，一股浓浓的阳光味道。

巷子里，异常热闹。一排小男孩依着吴先生家南墙"挤暖和"。吴先生家没人，没人管他们。

"鼻涕小"热衷于"挤暖和"。小伙伴们不太愿意跟他一块玩，怕他拖着两条脏兮兮的青鼻涕。于是便使坏，三挤两推"鼻涕小"被挤出来，沮丧着脸。小伙伴们"哈哈哈"地拍手，做鬼脸。一转身，"鼻涕小"又重新加入"挤暖和"的行列，眉开眼笑，袖口映着青光。原来，另一个小男孩也被挤了出来。你挤我，我挤你，快乐和幸福从来都是如此简单。

老房基，画条线，挖两只小圆洞（老虎洞）。礼官屁股翘朝天，弹玻璃球。花花绿绿的玻璃球，从挑糖担的那里换来的。别小看圆洞，哪个玻璃球入了洞，那个球宛若现今"王者荣耀"游戏中的神器装备，如虎添翼。

弹玻璃球有输赢，有赌的性质。俗话说，君子爱财，取之有道。凭手艺吃饭，谁怕谁。礼官弹玻璃球有一套，眼、手跟嘴齐上阵。眼睛瞄着，像木匠弹墨线。左手张开依着球，如导弹发射。嘴里念着"中"，"砰"的一声，两球相撞，全世界最动听的声音，最得意的收获。

斗鸡，一腿单立跳，一腿抱入怀，膝盖是刀是枪，是武器。从上往下压叫泰山压顶；从下往上挑叫四两拨千斤；你压我躲叫避实就虚……

男孩们分两派，一个个地单挑。斗鸡是场战役，斗智斗勇，田忌赛马的故事耳濡目染。每个小孩的童年，都有许多个理想。我小时候的理想是当叱咤风云的将军，后来理想变为写文字的记者，变成骑绿色自行车的邮电员。后来的后来，连自己也记不清了。理想就像乡村天空飘浮的云朵，一阵风吹过，理想远了，另一个云朵飘来了。每一个云朵，都如同一块甜甜的棉花糖，永远温暖着那无限渴望的幼小灵魂。

女孩子们也没闲着，踢毽子、抓子儿、玩跳绳和跳房子。一块平地，粉笔头画成大小相同的格子。女孩子们按照约定的规则，单腿跳动。小小的格子里面前前后后，左跳右格，银铃般的笑声，轻盈的身姿，乐此不疲。

若村落里缺少了孩童，若寒冬缺失了阳光，这世间还有美感和诗意的未来吗？林清玄《光之四书》中说，"我想只要真正地面对过阳光，人就不会觉得自己是神，是万物之主宰。"

寒月当空，天地间清寂无言，乡村的夜静又无比悠长。倪四小（排行老四），穿着军用黄大衣，戴着雷锋帽，脚蹬黄皮鞋，肩挎长节手电筒，一手执木棍，一手提老竹筒。老竹筒中间有一条寸宽的口子，敲起来"嘣！嘣嘣！"的清脆。边敲边吆喝：天干物燥，小心火烛。半夜三更，关门防盗……父亲曾告诉我，古人称之为"击柝"。

俗话说，一更人，二更锣，三更鬼，四更贼，五更鸡。每更天敲击的次数不同，吆喝的内容也不同。倪四小弓着腰，影子臃肿，声音沙哑，语调悠扬，穿透力极强，有瓦釜之音。偶有几声犬吠呼应，演绎着一份荡气回肠的叮咛和关怀。

长夜漫漫，李裁缝家的门缝间透着明晃晃的光。倪四小走累了，轻叩门环。木门轻启，炭炉上开水壶"咕嘟咕嘟"响，热气腾腾。李裁缝家的灯熄灭了，三爹爹起床，亮灯，磨豆腐。黑夜无边，光明在传递。

大雪之夜，未见雪花之踪影，但有一种细微的况味，一种难以名状的慰藉，一种无比广阔的暖意，在村落上空升腾。

愿我们都有一个刻骨铭心的遇见，

有一些值得牵挂的人。

在一年之中，

思念最长的夜。

◎ 冬至

节气《冬至》篇前前后后写了近半年，删删改改终究难以成文。如同不慎闯入乱坟地的顽童，中了某种魔障，迷失方向转着圈。

那日风轻，友人从远方归来，我们遇见沙沟大士禅林那株神奇的菩提树开花。她告诉我，菩提果是佛祖的"十八籽"，每逢冬至日，外壳与内核会自动分开，僧人采之。友人双手合十，低头敛目，嘴角有淡淡的微笑。佛说，相由心生。为记。

西伯利亚的风，吹过沙漠、海洋和城市，吹进乡村。西伯利亚远吗？不知道。只晓得，风势不可当从遥远的地方而来，在枝杈间飒飒作响，刮到脸上生疼。把冬至的太阳，也吹成"黄棉袄"。

斜背着书包，奔跑在放学路上。不单单是我，所有放学的孩子都在用奔的动作。缺少打打闹闹的欢腾，丢掉磨磨蹭蹭的旧习，我们好像急行军。出门前长辈们再三叮嘱，今天冬至烧纸磕头，放学就家来呀。

巷子里，家家户户木门敞开，大白天堂屋里都亮着灯。嗅嗅空气，烧纸的烟火味夹杂着红烧肉的味道。而今，奔波于都市，我的嗅觉早已退化得可怜。

在我的记忆里，冬至不是节气，是个节日。孩童嘴馋，对有关吃的节日印象最深。比如：正月十五吃圆子，五月初五吃粽子，八月十五吃月饼……《周礼春官神仕》："以冬日至，致天神人鬼。"冬至大如年，奶奶称过冬为"做冬"。用什么做呢？当然是手了。

冬至前三五天，奶奶便开始忙碌，买回金锡箔和银锡箔。金锡箔折成金元宝，银锡箔折成银元宝。（或用铁弧凿打冥钱，打出铜钱的样状；或用拾元的纸币，按顺序印在黄裱纸上。）如今时代发展得快，什么都快。有些人家过冬不折元宝，烧面额五千元的冥币，还有好多人家过冬已不再烧纸。世上什么样的事，可以真正地永存？也许等闭上眼睛的那一时刻，我们才能领悟灵魂的悲悯和忏悔。

油灯昏暗，如豆。奶奶坐在矮凳上，裹着老棉袄。一张张金锡箔和银锡箔，在她指间左折右叠，变成一只只精致可爱的元宝。我装模作样地学，可最后折成一条条小纸船。

奶奶表扬我乖，说小满听话，老爹老太们一定会保佑小满考上大学。

我瞅瞅奶奶问，真会保佑我啊？

奶奶应答，小满诚心，折的元宝最值钱，老爹老太们不晓得多欢喜呢。

我说，全是纸，哪是什么钱啊。

奶奶神秘兮兮地冲我低声责怪，不能说啊，纸一烧就变成真元宝了。

我似懂非懂。奶奶满脸舒心地笑，人只要孝顺，祖宗就会保佑我们的。

奶奶的用心是边折边念经：阿弥陀佛元宝经，手捧元宝亮晶晶……我问她念的什么呀，她一本正经地答道"元宝经"。其实她连自己的名字都不认识，真不晓得，她的经从何学来。

我屁股坐不住，三分钟热度，便融入夜色中玩耍。家里最乖最用心的怕是老花猫，"喵呜喵呜"地叫得亲热。奶奶在它背上抚抚，它顺势侧卧脚边，闭着眼，一篇一篇地念经。

猫真是个奇怪的东西，一生下来就会念经。有人说，猫未列入十二生肖，有九条命，不入轮回，可能跟它会念经有关。不晓得老花猫跟奶奶念的是否是同一本经，她们念经的时候，我发觉整个世界都安静了下来。

后来，在寺庙听到"大悲咒"，低缓的节奏和韵律，如流水一般清澈纯净。奶奶和老花猫的身影闪过，她们在天堂相依为命地念经了。人啊，只有等长大后，才能懂得某些事情与道理。

两筐元宝做好，奶奶做菜。坨粉前天夜间边冲热水，边不停地用筷子搅拌，成形后冷于盆中。做黏饼的米粉，已经发酵，安安静静地守着。打猪肉，买小鱼，拾豆腐，洗青菜，割韭菜，刮茨菰，奶奶做得欢心。

乡言"早烧年，晚烧冬，七月半的亡人等不到小日中"。方桌挪至堂屋正中，东西北三面，备长凳，南侧空置。红烧肉，烧小鱼，青菜上面盖豆腐，甜黏饼，四大盆菜，八碗饭。碗内米饭呈圆顶，如同小土丘，筷子齐刷刷地排列饭碗右侧。奶奶不许走动，担心碰到桌凳，惹先辈们不高兴。

爷爷点烛焚香，父亲跪单膝，划动"洋火"，点燃元宝。火光映人，灰烬飘然如蝶，半空中自由无声地游弋，有种神秘的感应。(乡村如果家中无男丁,女人则用灶门口烧饭的火钳夹元宝,手不能沾之。)

先辈们挤满方桌,吃着喝着数着钱,奶奶好似望见。她念叨:"老爹老太家来吃饭拿钱啊!不要省,打酒买肉,大钱不赌,小来来!"我跪双膝,抬头打量空空的桌凳,无比地好奇。没人啊!难道人与人的眼睛有区分吗?《金刚经》里说,眼睛有"肉眼""天眼""慧眼""法眼""佛眼"之分。也许奶奶比我孝顺,心存敬畏,便有了"慧眼"吧。

磕头磕头,奶奶催促。爷爷父亲母亲和我,依次对着空桌凳磕头,奶奶总是最后一个。磕好后,念叨宽坐,宽坐。每碗饭每个菜,奶奶掐一小块,走出大门口,远远地泼散到东面矮屋的屋顶。(我掉牙齿,奶奶把我的牙齿扔往屋顶。我的鞋子破了不能穿,奶奶也扔往屋顶。屋顶真是个奇怪的地方,是个谜。)我问,扔这个做什么?她叹息道,老爹老太们都吃饱了,有些没家的野鬼可怜啊,给他们留点饭菜。

所有供的菜,需要回锅后才能吃。红烧肉加了茨菇。茨菇皮黄白,其里洁白如玉,脆嫩,味微苦涩,烧肉有竹笋的清香。茨菇神奇,收获时节,挖出的球茎12颗,一年12个月，正好一个月长一颗。韭菜炒坨粉，酱瓣烧豆腐……其实，冬至最舒心的是爷爷。端着酒杯，我放晚学了，他还在喝，满脸通红，浑身上下都很惬意。酒真是个好东西，人不喝酒，那些欢喜从何而来。爷爷一生平淡，在他身上我从未看到过两件事，一是生气，二是抱怨。我想，爷爷是幸福的，可能他也有一双"慧眼"吧。

冬至后，奶奶翻日历"坐九"，九九八十一天，逢九敬香。日历挂东墙，印"冬至后余一日，则闰正月；余二日，则闰二月；余十二日，则闰十二月；若十三日，则不闰矣"。

多年后的冬至夜，与友人酒后同行。天空被风吹得高远，有虚无缥缈之感。一轮圆月悬于半空，透着几分清冷。她说，冬至的月亮比中秋的月亮更是明亮，月亮之下曾遇见心爱的王子。我仰望苍穹，天地漆黑，明月如眼。

似水。流年。

雪花纷纷扬扬，

梅花如约而至，

温暖的日子，

被谁一次次惦念。

◎ 小寒

薄云如灰，天空似乎被捅了个窟窿。雪花六角的花瓣，铺天盖地，漫不经心地飞。《埤雅》言："雪六出而成华，言凡草木华五出，雪华独六出，阴之成数也。"

小寒小寒，无风也寒，寒意在襟间。兴奋的要数孩子们，不畏冷，于巷子里奔走相告，大声地喊：下雪了，下雪了……身后紧跟着同一频率激动的狗。孩子们的眼睛纯洁如水，喜悦或悲伤都藏不住，率真得怕人。因此说世间的童年都是一样的底色，简单得透明。泰戈尔曾说过：上帝期待着人类在智慧中回到童年。

芦花鸡们不喜不悲，于屋檐下摇摇头，不停地斜视，一副半信半疑的模样。无动于衷的是老花锚，蜷缩在奶奶腿上的竹匾里，眼睛微闭，念经。拎它耳朵，它装睡赖着不动。

伫立院内，洁净晶莹的雪花，一片一片。天空无边无际的宽，无穷无尽的久，恍惚中光阴开始凝固，有一种莫名其妙的感动。欢喜仰望天空，星空浩渺，我之渺小。

雪花冰凉，拂过脸。张开双手承接，暖暖的体温将之融化。掌心化雪，多么动人的词语，听着都会陶醉。

爷爷坐于堂屋方桌前，慢条斯理地抽着旱烟，深吸一口，由鼻孔缓缓喷出，萦绕的烟雾写着心照不宣的得意。他好似在欣赏一场早已约定的降临。

浅浅的雪，首先覆盖田野，半寸高的麦苗美美地做着长长的梦。打谷场的草垛白了头，如同守望者那么执着。其次是屋顶和树木，最后是道路、河流跟孩子们的身上。

屋顶是个谜。瓦上松莲座形，开淡紫色的花。奶奶于灶门口烧火，问锅热了没有。我用食指试锅，结果食指被灼伤红肿。奶奶疼惜，哭笑不得，将我的食指置于冷水中，折瓦上松和柏树叶同捣敷，效果甚好。

屋顶白了，鱼鳞瓦一层层的。烟囱与无数个瓦上松，宛如童话中的白雪公主与七个小矮人，望望不由地发笑。雪是童话世界的载体，没有雪的童话故事，读来一定会逊色许多。

"六出飞花入户时，坐看青竹变琼枝。""大扁头"屋后的洋槐、柳树和泡桐树们冻僵硬了，一动不动，光秃秃的枝杈披上银妆。一只小船儿泊于河岸，牵绳松软。河水结冰，瓦片跟大地冻结，需费力气掰。瓦片咬手，远远地抛于冰面，自由滑行。

河对岸有柏树一株，柏树神奇。万木皆向阳而生，枝叶向南尤密，唯独柏树枝叶向西。柏树矮，耸直，叶针刺状，耐雪迎风，越冬青翠如初。礼官常折之，偷偷用于隔衣扎人。每每被他爷爷发现，总遭责怪。问后得知"柏者鬼之廷也"，柏树下阴气重，小孩阳气淡，易惹鬼上身，得风寒。

其实不单如此，长辈还怕我们靠近栽柏之人。刚伙比我大十五岁，光棍一个。三间草房一空地，无院落。柏树临河，西侧有一露天粪缸。

刚伙种三四亩地，忙时下地，闲时吹箫。两节竹子，几个孔，飘雨天，低沉凄婉的音符，如哭如泣，好心情都被他吹得荡然无存。有人怜惜，刚伙发痴，怕是想婆娘了。他朝学校的方向笑笑，一副魂不守舍的样子。电视上江湖侠客都是这模样，难怪我们怎么学也学不像。

他家门前的空地，是凿钱墩子的最佳场所。一方红砖，一条线，每人一块铜板（大清带铜的那种），壹分贰分伍分的硬币。我们按照约定的规矩，凿得钱币纷飞，赌得天花乱坠。有时刚伙坐于门槛，一句话不说，孤寂地玩弄他的箫。有时铜板无意间滚入粪缸，他会扛着箫陪我们一起无奈和叹惜。

后来，学校东北来的白白胖胖的女教师离校了，刚伙也离开村落。草房子檐下挂满蜘蛛网，窗户黑洞洞的，风在里面游荡，若箫非箫，柏树一般玄乎。我们不再靠近，特别是夜晚小心翼翼地绕行。

小寒之风，著土而行，"呜呜呜"地呼啸，是以吼叫而生威。仁雪家的梅花如约盛开，花苞半透明，黄色，若婴儿半握的小拳挂于枝头，阵阵寒香。巷子里那些爱臭美的女孩，纷至沓来，仁雪便笑盈盈地剪两三枝相赠。

小时候我不太喜欢梅花，总有一种说不出来的感受，没有叶子的花看着有些别扭。但我喜欢王安石的"墙角数枝梅，凌寒独自开"的诗句，毕竟梅花开了，苍茫的大地就有了生动的情趣。据说，梅花五瓣，花开五福：一曰寿，二曰富，三曰康宁，四曰修好德，五曰考终命。原来，梅花尽显如此的善意，我发觉有点疼爱它了。

二十四番花信风一吹，日子好似注定一般。白二爹的二丫头白露出嫁，三垮子家的大呆伙迎亲……红红的春联如新年，大大的喜字贴满窗。巷子里人来人往，个个像敞口的热水瓶，冒着笑眯眯的热气。院子里支起大灶，灶锅里煮着肉，整个村落的脚步都飘飘然。

"无酒不成宴"，这辰光做先生的父亲"瞎吃香"，天天中午晚上灌得歪歪扭扭。做大事请庄客作陪，是主人身份的体现，客人也倍感荣幸。庄客乃村内德高望重者，如支书及先生等。

母亲笑话父亲，好吃跑三里，江南喝到江北。父亲快意，醉眼蒙眬，双手比画画着圈，我参加的是筵席，坐的是大席位。座席位的规矩比天大，别看客人们个个雍容揖让，一条板凳两个位置，搞不好涨红脸，翻桌子。中国原本是席地而坐的民族，也是最早改变了起居习惯的民族。也许岁月可能改变我们很多的习惯，但永远改变不了我们的传承和根脉。

外婆捎话来，过两天让小满到家里喝腊八粥呀。《燕京岁时记》："腊八粥者，用黄米、白米、江米、小米、菱角米、栗子、红豇豆、去皮枣泥等，合水煮熟。"外婆的佐料简单，七拼八凑，大铁锅一晚上先用武火烧沸，再用文火熬。外婆家的腊八粥好吃，巷子里的孩童们都说甜。更让我期待的是马上过生日，刻字的搪瓷碗，猪油面上卧鸡蛋。过生日的时辰，母亲记得牢牢的，而我玩玩就抛于脑后。

　　村庄里年纪大的最反常，个个竖起耳朵。不晓得哪个通风报信，说县城戏班年前来唱大戏。粉根的半导体收音机这些天也异常地欢，唱的是京剧《锁麟囊》：

　　这才是人生难预料，不想团圆在今朝。

　　回首繁华如梦渺，残生一线付惊涛。

　　柳暗花明休啼笑，善果心花可自豪。

　　种福得福如此报，愧我当初赠木桃。

远方有多远，

大寒就有多寒。

星星点灯，

照亮回家的人。

◎ 大寒

大寒年年有，不在三九在四九。寒冬季节，北风肆虐，草木枯竭，万物生长缓慢。一场漫天飞雪，老天爷给大地盖上温暖的被子，送上甜甜的梦。庄上的男人们开始舒心地打牌，喝酒，睡懒觉。

先生手掌挥挥，放寒假，我们课桌板凳拍得叮咚响。兴奋跟快乐是亲兄弟，自由的感觉叫人说什么好呢。先生们的智慧，照亮乡村的天空。

父亲是个有趣的人，每逢年关，总有好面子的乡亲领着孩子登门。父亲心领神会，入书房，展奖状，提毛笔，欣欣然写上学生的姓名，但不盖学校的公章。说实话，他也没有那个章。父亲摸摸学生的脑袋，老师粗心，把你的奖状带到家里来了。喜从天降，小孩翻着双大眼睛，手没地方放。家长敬烟，心照不宣，说着感激的话。多年后，曾为此事问过父亲。父亲笑道，一张奖状两分钱，能买一大家子的欢喜年，何乐而不为。

巷口避风处，丫形铁支架，黑色葫芦锅，木桩凳。邻村轰炒米的李大爷，左手不停地顺时针转动摇把子，右手"呼哧呼哧"拉木质风箱，炉火红通通的，长柄勺不时添加焦炭。

李大爷脸黑，指甲缝儿里全是泥，似乎半年都没洗过。他不时地望望摇把子上裂缝的玻璃表，猛然站起身，大呼"响啦""响啦"。顽童们立即跑得远远地捂起耳朵。葫芦锅塞入长布袋，一脚踩地一脚踩锅，铁棍撬开阀门，"砰"的一声巨响，长布袋内热气升腾，一股稻米膨胀后散发出的特有的香。

轰炒米一锅，我们称"伙"，一伙五分钱。如果让李大爷加糖精，就六分钱。有时李大爷生意好，加糖精不收钱。要是他开心，就会小心翼翼地打开包糖精的小纸包，用脏兮兮的粗手指捏两粒，放在我们掌心。晶莹剔透的白色多边体，入口甜，真甜，甜得我们闭上眼睛快飞上天。

说来奇怪，李大爷的轰炒米机宛若信号枪。庄头巷尾，七大姑八大姨三舅舅六舅母一帮帮的来串门。一切好似偶然，一切又好似必然。是血缘的传承，更是温情的荣耀。割肉买鱼，拾豆腐买百页，脚步飞快，故意地自谦，怠慢怠慢啊。清贫的日子，突然生起一种隆重的幸福感和存在感。我家亲戚在本庄，抬脚三步远，也就没有了新鲜感，真是遗憾。

《板桥家书》云："天寒冰冻时暮，穷亲戚朋友到门，先泡一大碗炒米送手中，佐以酱姜一小碟，最是暖老温贫之具。"两捧炒米，佐以红糖或白糖，开水冲泡。一碗炒米茶，捂手又暖胃，天下最素朴的美食，最诚意的礼遇，充满浓浓的人情味儿。

白果的二姐夫"叮铃叮铃"骑着永久牌自行车，龙头挂洋河酒。白露坐后座，眼睛眯成一条线。白二奶奶忙得团团转，打蛋茶。四只荷包蛋（俗称蛋瘪子），猪油酱油加蒜花，香气飘过几道院墙。白二爷陪坐，不停地劝，吃蛋茶，吃蛋茶。二女婿懂礼节，蛋茶只吃单数，筷子轻放，饱了饱了。剩下的可想而知，全入白果的肚皮。白果一脸快意，走路左右摇摆，活像戏曲里县官大老爷。据传白果大姐夫是个呆女婿，每次吃蛋茶白果只有喝汤的份，不知真假。

　　村落里，许多茶根本跟茶叶都搭不上边，那为何称之为"茶"了？百思不得其解。比如伏天，乡人下田做活计，炒熟的大麦泡开水，俗称"大麦茶"。接新娘子吃"接亲茶"：圆子茶、果茶、糖茶等。最离奇的，放晚学回家，书包一扔，半碗冷饭就着中午所剩的咸菜汤，称作吃晚茶。

　　真正泡茶叶的茶，爷爷叫它"茶叶茶"。这种茶有苦味，像药，没有哪个小孩子喜欢。腊月，爷爷总去合作社购些茶叶末，用纸包严实，春节"吃茶头"时泡。爷爷说这东西精贵，城里人才喝。我偷吃，苦涩得直咧嘴。想想便发笑，城里人真傻，喝这苦东西干吗呢。

后来，听友人解读"茶"字："人在草木间。"世间草木，集天地之灵气，人位于其中，返璞归真。它既是"柴米油盐酱醋茶"的茶，又是"琴棋书画诗酒茶"的茶。元稹诗："茶，香叶，嫩芽。慕诗客，爱僧家。"几片绿叶，半盏清水，吃茶吃茶，世间的功利与欲望被荡涤得清清爽爽。也许人与大自然一脉相承，人只有回归大自然，才能与之和谐共生。

隆冬的阳光，斜斜的，易破碎，不暖。食时后，男孩们陆续搬出木椅和板凳，镟花钱。木匠打家具，讲究榫卯结构，墨盒、凿子、锯子加斧头。镟花钱用镟刀（讲究人家有几把镟刀），废钢条两头磨亮，一头大一头小，中间用白胶布一圈一圈裹实，十分锋利。一张红纸，比对联纸较薄。俗话说，写对联"读书读得高，裁纸不用刀"。镟花钱的红纸，需用刀裁。找来去年存留的旧花钱作封面，用棉线固定成书本模样。

花钱有字有图，孔有圆有方，我们细心且慎重地镟。镟着镟着手脚冰冷，耸肩，跺脚。双手弯成孔状，嘴对着手心吹暖气。暗骂，这啥鬼天气。感冒不请自来，我们不停地咳嗽。有时严重，脸涨得通红，五脏六腑要被咳出来似的。老人们也开始咳嗽，他们在夜里越咳越凶。母亲会念叨吴先生吴师娘在家时的好，提到玉丫头，她眼睛一下子变浅了，泪水汪汪的。

镟花钱是个苦差事，握刀要稳，力道要准，指头被扎得滴血是家常便饭。我们想逃避，但没有退路啊。村里只有故世人家，才贴没有图案的白花钱。它关乎门面，关乎习俗，是天大的事。天大的事有多大，只有头顶的天晓得。

那年月我们手上常见冻疮，手指手面青紫，遇暖红肿，既痛又痒，难受极了。我们深恶痛绝之，恨不得把手剁了。爷爷抚抚我的头，等"发身"冻疮就没有了。也许镟花钱是我们生命中的坎，冻疮也是。乡村的男孩子，不经历无数的坎，如何能面对村外的花花世界。

腊月二十三送灶，二十四掸尘，二十五分塘鱼，二十六割猪肉，二十七买年货，二十八烧冬，二十九剃头洗澡。大年三十，做村支书的大伯登门，雷打不动。大伯用红纸条包五块钱，提前的压岁钱，崭新的炼钢工人钱。

小时候以为，新钱比旧钱值钱多了。崭新的钱啊，藏于枕头底下，无数美妙的梦接踵而至。梦里天地间白茫茫，

"发身"的我，扛着一蛇皮袋崭新的炼钢工人钱，深一脚浅一脚地走。风光无限地走啊，走啊，渐渐迷路了。原来茫然的"茫"和白茫茫的"茫"，是一个道理。

梦都是反的，为了生存，很多胸怀梦想的人，仍旧四处奔波讨生活。年关到了，有钱没钱，回家过年。所谓家乡，不过是有亲人的地方。如果某一天，那个亲人悄然逝去，就是拥有再多的财富，永远也敲不应那扇熟识的门。

大寒大寒，回家团圆。也许你的归来，便是人间最大的慰藉和温暖。

春天
做一个感恩的人

小时候调皮，

先生凿，父母打，

春风调皮，

哪个舍得打了。

◎ 立春

立春一过，实际上乡村也没有啥春天的迹象。巷子还是巷子，木门还是木门，但就不一样了。格窗喜庆，花钱飘扬，鲜红的对联，爆竹的纸屑像一丛丛绽放的喇叭花，流溢着一种喧闹。

新衣，新裤，新鞋，还有新娘子，一切都是新的，包括大人们的面目。曾经的别扭不说话，变成笑嘻嘻地作揖：
"恭喜发财，恭喜发财。"说话的语气软绵绵的，如同窗外吹
的风。

东南风从广阔的田野吹来，掠过水波微动的河面，掠过
睡眼惺忪的枝头，停落巷口。我"吱呀"一声拉开大门，被
冷飕飕的气息撞个筋斗。没等我哈欠打出声来，它就马不停
蹄地一转身，拐向礼官家。像个久别的老朋友，肆无忌惮地
传递着春归的消息。

几缕淡淡的炊烟伸着懒腰，古麻石底下的蚂蚁们也伸
伸腰。太阳升起来了，柔软的光芒让整个村落焕然一新。

堂屋吃蛋茶的"鼻涕小"手一滑，碗碎了，像犯人一样
低着头。鼻涕婶眼皮抬都没抬，念道："岁岁平安，碎碎平
安。"扫帚一年不挨边的"老鼻涕"笑眯眯地说道："长财，长
财。"扫帚朝家神柜方向扫，碎片入畚箕。打碗是好是坏，此
时借用说书人的话，不在书中交代。

来年大雪节气"鼻涕小"打碎碗，翻江倒海遭受一顿
打。半月冬至，鼻涕婶想起立春打碗的事，又把他打了一

顿。立春欠债冬至还，天上人间不欠钱。

几百年的庄子，哪家小孩子没被父母打过，桑树条儿从小育。我的屁股被母亲打了多少回，怕是只有门后的扫帚晓得。

说到"打"字，"立春"乡人们谓之"打春"。立春日遇见，眉开眼笑相互告知："今天打春啦！今天打春啦！"不知道打春有什么好欢喜的，又没有好吃的。不谈了，就是有，也吃不下去啊，那是后话。曾记得，我好问事。

问，啥叫打春？答，打春就是立春呀。

问，春天为啥要打？答，三天不打，上房揭瓦。小孩子不打，他不长；春天不打，它不来。

问，拿什么打？答，不用手打，难道用脚啊。吃饭手抓筷，旧鞋才能跑得快。

问，打过春，哪个赤脚奔？笑答，夏先生家的公子，头脑灵光，十万个为什么呢。打过春，庄上的王二小赤脚奔。

哈哈哈……

王二小何许人也？不是抗日小英雄王二小，是庄西头的"大忙人"王二小。立春喜事多，弄璋弄瓦，婚嫁做寿，哪家忙喜总少不了他的身影。抬桌子，扛板凳，借碗筷，客人来了找香烟，炉火不旺添块炭……爬上爬下，里里外外忙得团团转。客人散席，主人尽兴，陪他喝两盅。

王二小酒量小，三盅入肚，脸红通通的，耳朵也是。酒胆大，只要敬他酒，杯子从来不落空。有女人劝，别把他灌醉了。主人舌头打直，手挥挥，老婆娘头发长见识短。临走时，主人赠送喜烟喜糖。王二小醉眼迷离，走起路来轻飘飘的，好像腾云驾雾。鞋子掉了一只，弯腰摸，拾起来慢悠悠地趿拉上，另一只又掉了。春天在他一丢一拾之间，悄然而至。

奶奶说，吃了立春饭，一天暖一天。暖是不成望见啊，一顿顿的被爷爷羞是实话。连续三四天油汤油水，到了第五天，一桌子菜，端着饭碗，吃饭不香，鱼肉无味。爷爷羞我，筷子头上长眼睛，现在漾住了。漾住的感觉真难受，心和嘴巴想吃，喉咙跟肚子唱反调，急死个人。

被爷爷羞的还有阿黄，它病恹恹地趴着，对方桌下的肉骨头，也嗤之以鼻。老花猫表现好，喷香的鱼汤拌米饭，高兴起来懒洋洋地吃几口，用爪子洗洗脸，不高兴了闭眼念它的倒头经。

"物以类聚，人以群分。"趁奶奶打纸牌，我故意把老花猫扔出堂屋。老花猫活像电视里少林寺里的和尚，弓腰，腾挪，四爪轻轻落地，来个就地十八滚。黄色的眼珠有些惊悚，无辜地"喵呜""喵呜"两声，一溜烟蹿上院墙，如履平地。

半夜未归，我躺在床上辗转反侧，很是担心。狗不管你如何打它，在外面转几圈，气就消了，便会摇头摆尾地回来主动套近乎。猫儿就不同了，三天不喂食，它一准在别人家做好事逮老鼠，不肯家来。

突然屋顶噼里啪啦，有脚步在追逐。是猫，好几只呢。东屋追到西屋，从西屋飞至厢房，呜呜地吼，如怨如诉，难听得要命。

猫儿打架，瓦飞砖落。打到关键之际，哇咬之声大作，撕心裂肺地哭号，感觉很瘆人，浑身起鸡皮疙瘩。巷子里，打牌输钱的男人对着屋顶咒骂，哪家的畜生，杀人啦，还让不让人困觉啊。猫儿懂人语通人性，飞檐走壁蹿到隔壁房顶去闹腾。

猫儿白天跟夜晚两张脸，白天是佛，夜里是魔，据说眼珠发的光都不同。人呢，同样啊！人嘴两张皮，能把你捧上天，也能把你埋入地。表里如一，说的是神仙。

刚伙门口的空地上，套蓝色护袖的"鼻涕小"跟人在打赌。赌什么呢，赌晚上哪个猫儿打架第一名，猜错的喊猜对的三声爷爷，请刚伙作裁判。"鼻涕小"们对村里的猫儿如数家珍，给它们起了些稀奇古怪的名字。

刚伙嘴都笑歪了，解释得最好听，猫不是打架，是在"叫春"。我们不懂"叫春"的含义，可刚伙的话，我们坚信不疑。于是乎戏唱："春天在哪里呀，春天在哪里，春天在那猫儿的叫声里，这里有"花脸"呀，这里有"胖梅"，还有那刚伙侠的草屋顶……"刚伙面朝学校，笑吟吟地吹他的箫，非常享受和快意。

那年秋分，刚伙从村庄消失。有人猜，去找那个偷心的东北女代课教师了；有人传，都市好似听见过熟识的箫声……多年后读志明和尚的《牛山四十屁》："春叫猫儿猫叫春，听他愈叫愈精神，老僧亦有猫儿意，不敢人前叫一声。"我哑然失笑，刚伙终究不是和尚。

　　人逢喜事，曰春风得意；膏肓治愈，曰枯树逢春；女子如花，曰春色宜人。春——读起来脆脆的，音一重便碎了，天底下最柔嫩的节令。《汉宫春·立春日》辛弃疾写道："春已归来，看美人头上，袅袅春幡。"英雄都难过美人关，哪个舍得打呢？

　　母亲发狠了，打！打是亲骂是爱，不打不骂不成才。媚姨抿嘴了，打！打是情骂是爱，不打不骂如何谈恋爱。

　　春心已动，谁能挡住春天的脚步？

春雨滋润万物，

万物可爱，

万事可期，

从此我们心中无尘。

◎ 雨水

《月令七十二候集解》云："雨水，正月中。天一生水，春始属木，然生木者，必水也。故立春后，继之雨水。且东风既解冻，则散而为雨水矣。"

天一天天变长，村外的田野空旷得有些冷清。麦苗返青蠢蠢而动，绿意茵茵。农谚曰："尺麦怕寸雨。"披着灰色外套的爷爷，慢条斯理地挥动长锹，清理着墒沟。他一点儿不像在干农活，好像在演戏。做做停停，抬头望望，点燃根香烟，贪婪地吸几口，嘴里念叨，今年这色气，今年这色气！

吃烟简单，不同于吃酒需要菜作伴侣。吃烟有什么好的，坏处多多，但打我有记忆起，爷爷就吃烟。香烟，香吗？一点儿也不香，还熏眼睛。爷爷夸它香，说香得要他的命。爷爷吃了一辈子烟，戒了不到半年，便离我们而去。生命珍贵，有一种香叫陪伴，有一种烟叫依赖。

田埂上，草芽冒冒失失，探着小脑袋，层层叠叠的绿意。它们是在寻觅"见风长"的风吗？默不作声的婆婆纳，圆形的叶子，星星点点地绽放。浅蓝色的小花瓣，是在期待"贵如油"的雨吗？

爷爷喜欢低头跟草唠叨，没人的辰光，会唠叨半天，不晓得草们能否听得懂他说的话。爷爷曾说过，他就是一根草，是草命。其实，我们每个人不都是一根草吗？

但人类总把自己想得多么伟大和坚强，把草踩于脚下称之为小草。真是小瞧草了。草碾不死，压不断，晒不枯，野火都烧不尽，春风吹又生。而且不管春光如何温柔，它们都不会一拥而上，草有自己的节奏和步伐。倒春寒的道理，草比人类聪明多了。人啊，眼睛和嘴巴长在自己脸上，只会评说别人，自身的缺点永远找不到。

田野里，能吃的叫野菜，开花的叫野花，入药的叫药草。田野上一群美丽的女孩子，她们挽着竹篮子，叽叽喳喳笑眯眯地结伴而来。

田埂高低不平，中间硬两侧软，这群女孩子时而脚步趔趄，时而相互推让打闹，身形七倒八歪，应了那句"春风惹人醉"。香兰子个头明显高了，脸颊红晕得秀气。凤丫头胸脯鼓鼓的……（有人问初春是什么模样，初春就是她们的模样啊，捏一把，水灵灵的嫩。）

她们不知香水何味，不懂脂粉何意，自然如风，纯朴如水。可她们有属于自己的小九九，有暗暗喜欢的郎君啊，但又说不出口，呈给人一种凄婉的画面：闪烁的眼神，迷离的嘴唇，淡淡的小忧伤。

那个没有手机的年代，更没有如影随形的琐事，我们无处可寻。我们好似贫贱如草，但我们拥有最最珍贵的东西——自由。深吸一口气，张开双臂，拥抱能飘上天空的自由。春风是我们的，春雨是我们的，整个春天都是我们的，我们是天底下最富有的人。

"春在溪头荠菜花"，沟渠里嫩绿的荠菜呈莲座状，叶片小而薄，叶缘羽状，如同一只只在招唤的稚气小手。荠菜，乡人们称之为"野菜"。《食性本草》说："主壅，去风毒邪气，明目去翳障，能解毒。久食视物鲜明。"别小看大地上那些素朴与卑贱的植物，它们是人类成长的磐石。两千年的光阴，它们依旧在为人类供奉着这个愚昧又高尚的世界。

乡村劳作讲究事半功倍，收获哪种食物，选哪种农具，用哪种动作。韭菜用小弯刀"割"，山芋用九齿钉耙"扒"，萝卜用锄头"挖"，而荠菜则用小铲锹"挑"。

那时候，乡人们有着共同的情感和愿景。大会堂门口最热潮，大嘴婆劝说，发身的女孩儿你别看，看得不好眼会瞎。有人打趣，王瞎子是不是女孩儿看多了？大嘴婆答道，没大没小的，男怕选错行，女怕嫁错郎，女孩儿需要双好眼力，你们懂什么呢？眼力好，大概意思是长大后具备某种明察秋毫的能力吧。有人嬉皮笑脸说，说着玩呢。

大嘴婆的话庄上信的人多，家家烧荠菜蛋汤。水开了，一把嫩荠菜、两只鸡蛋顺时针搅拌，入锅。荠菜蛋汤鲜，我喜欢泡饭吃，但大嘴婆说的许多话至今不大信。

河畔荒芜的竹篱，缀满一簇簇金灿灿的花。捣乱的风一吹，瑟瑟抖动，一副羞涩的模样。迎春花，是乡村最不起眼的花。六个花瓣儿，花小色黄，形如喇叭。忍不住凑上去闻闻，无香无味，有种凉凉的清爽的感觉。

据传，雨水时令，玉兰花开。清《佩文斋广群芳谱》载："玉兰花九瓣，色白微碧，香味似兰，故名。"多年后的都市，第一次面对洁白的玉兰花，我束手无策，不敢靠近。难道花木的高贵跟人内心的本性是相通的吗？

薄寒之天，"大扁头"第一个脱去棉袄，换上春衣，在巷子里耀武扬威地甩袖子。"鼻涕小"们把"大扁头"捧为英雄，发疯似的央求长辈帮自己换上春衣。老人言："春捂秋冻。"春衣当然换不成，换来的是一顿臭骂。

塘港河的水清澈，缓缓向北。水码头静静的。两三条鲹鱼，在水面上敏捷地游来游去。偶有动静，一转身就不见了踪迹。河面的风，拂过脸庞冰凉冰凉的。"春江水暖鸭先知"，鸭子们的思维简单直接，水冷归岸，水暖游弋。五六成群，"嘎嘎嘎"地快乐着。

礼官不晓得听谁说今天"獭祭鱼"，手举桃木剑，眼睛睁得像铜铃，守在水码头，欲乘机收獭于囊中。《说文解字》云："獭，如小狗，水居，食鱼。"水獭，是乡村的一种幽灵。

陪他守了会，打了阵水漂，百无聊赖。面对水中映着的那熟悉又陌生变形的脸，发困。我说："回去吧，水獭恐怕睡觉了。"礼官手撑腰，郑重其事地说："要回你回吧，本大人不回，本大人要跟它决一死战。"那时候，我们每个人心中都有个英雄梦。我们期待春风十里，期待春光无限……

2021年的雨水，夜色降临，华灯初上。雨水"笃笃"连声，接学生放学的家长们，挤成一锅粥。县城家中我与父亲对饮。爷爷在世时，乡下老屋三人一瓶酒。爷爷离世后，父亲进城与我同住。

杜工部诗:"好雨知时节,当春乃发生。随风潜入夜,润物细无声。"雨水雨水,在天为雨,落地为水。有书记载:"正月雨水,夫妻各饮一杯,还房,当获时有子。神效也。"

"雨水神奇啊!"父亲抿口酒,喃喃自叹。乡下老屋北边又新建了化工厂,高高的烟囱,冒着白白的烟。《法华经》里说:"天上落雨,不分善恶。"人非草木,春雨能否懂得父亲的心思?

美妙的沉睡，

是一场漫长的等待。

第一声春雷，

敲响时间的警世和轮回。

◎ 惊蛰

喜、怒、忧、思、悲、恐、惊，"惊"者，人间七情之一也。《说文解字》曰："惊，马骇也。从马、敬声。""蛰"者，冬季藏伏于土中，不吃不喝的动物也。"何能惊蛰？天空之奏，春雷也。

雷随季节而分，天壤之别。宋代范成大有"轻雷隐隐初惊蛰"之说，春雷，远远地从天边而来，浩浩荡荡，它是用滚动的方式踏过头顶，如同壮汉边走边推大洋铁皮桶。

夏雷则不同，《七月十九日大风雨雷电》中云："雷车动地电火明，急雨遂作盆盎倾。"天色突暗，雷声震耳，闪电刺目，暴雨如注。轰轰隆隆地急奔，"哐当"一声，响彻四周，好像击锣于头顶。时而击折树木、坏败室屋，时而伤及人畜。人在天地之间，物也，与动植物是一个"物"字。

村落里，打雷称响雷，落雨叫下雨。小时候最喜欢下雨，下雨天，留客天，常有亲戚来串门，有好吃的。最怕打雷，雷是看不见的，只能听。躲在奶奶温暖的怀抱里，奶奶轻拍我的后背，闭着眼睛念《避雷经》："阿弥陀佛避雷经，好人坏人要分清……"奶奶念的经真好听，一辈子也没听够。奶奶已经不在了，但她告诉我，小满啊，人要孝顺，不孝顺响雷会打头的啊！

"一百"这个数字是奶奶最高的幸福指数，她时常念叨小满考一百分，我们家就发大财了……当初却那么不用心，每次都让奶奶失望。奶奶，这次你放心，你说的话，小满都记住了，都刻在心里了，您放一百个心。

写到这里想起个人，他姓吉，名祥。跟我家隔条巷子，五十多岁，圆脸，大耳，光头，矮胖，见人一脸笑。每次看到他，都会不由得联想到寺庙的弥勒佛。多么富有寓意的名字，多么慈善的福相。据传，他被雷打过三次，每次都差一点儿被击中。最严重的一回，他在田野里拼命地跑，雷紧跟着他屁股后面追。

吉祥一生在庄上没做过什么坏事啊？王瞎子说了，他上辈子坏事做尽，这辈子是来还债的，如果再做坏事，早被雷打死了。后来，吉祥搬到村里雨华庵，初一、十五早晚准点敲钟，紧十八，慢十八，中间十八徐徐发，两度共一百零八。钟声悠扬，悦耳，静心。听说苏州寒山寺的钟声，缓急也是一样，不知真假。说来费解，守庵的吉祥，雷再也没找过他。

民谚曰："春雷响，万物长。"隐隐约约的雷声中，最得意的属于野草，如同一群没人管的顽童。远看草色近却无，空气中弥漫着混合的泥土味。

沉睡的蚯蚓醒了，田埂边一坨坨小圆颗粒，那是夜间拱出洞口的粪便。蛇和青蛙们一块儿醒了吧，没有先后。青蛙要命、蛇要饱的故事，又会一幕幕上演，这是大自然的生存法则，也是节气的脚步，慢不得快不得等不得。

噢，对了，醒了的还有癞蛤蟆。一副懒散的样子，缓缓地在田埂中间爬行，从不知道躲避行人。蛇不愿惹它，女孩们怕它，我们一脚下去，踢得远远的，天大的理由：癞蛤蟆想吃天鹅肉——美得你。

人勤春来早。田野里，身影重重，理墒沟、锄杂草、整田埂……实在没事，腋下夹着外套，空旷的田头河畔瞎逛，侧头看天，低头自语。蹲下身来，抓块泥土，手心搓搓，鼻尖嗅嗅，满眼欢心。

爷爷说，惊蛰节，不能歇。这个时节翻土地，就像给土地挠痒痒。挠痒痒舒服吗？那当然了，爷爷最喜欢我给他挠痒痒。他的后背宽又硬，我挠上面，他说下面痒，我挠左边，他说右边痒。爷爷眯着眼，乱指挥，我知道他是故意的。挠完了，爷爷对着我的小手用嘴呵气，表示奖赏，一口仙气三分钱，小满长大手赚钱。爷爷给土地挠痒痒，土地给爷爷的奖赏又是什么呢？

"沾衣欲湿杏花雨，吹面不寒杨柳风"，这是南宋僧人志南的《绝句》。乡村的柳树，可不是用来创作诗句的，木匠师傅用它打椅子和板凳。柳树几株依水而栽，垂长的枝条缀满嫩芽，随风舞动。我们没女孩子们那份臭美的闲心，折几条柳枝，扎成小圈，作帽子。放学期间，我们上演八路军打伏击，匍匐前行。

有人传媚姨不但喜欢折柳枝成圈戴在头上，还喜欢偷偷吃桃花。难道服用桃花，有美容之效？反正庄上的小伙子们有事没事总跟在她屁股后面转，宛若丢了魂。媚姨是村落的劫，桃花劫。哪张嘴说的，谁也不承认，最后推到王瞎子身上。王瞎子又看不见，他怎么会知晓村落的劫呢？有好事者曾悄悄探问王瞎子，他只笑不语。

村落的桃树不多，它们散落于圩堤和河边，明理人瞧见便知不是有意栽植。一株一株地分散，绿色的大地，清澈的流水，粉红的枝头，像幅静默的水彩画。我猜想，它们是不是某个时辰，无意间随手扔下的一枚桃核生长而成？

我期待能拥有自己的桃树，尽情挥舞自己的桃木剑。曾有预谋地在"大扁头"屋后空地上无数次丢过桃核，煎熬地等待，结果大失所望。

父亲喜欢摆"桃李满天下"的谱，听得耳朵根都起了厚老茧，其实我更费解桃跟李有什么关系。后来读到《乐府诗集·鸡鸣》："桃在露井上，李树在桃旁，虫来啮桃根，李树代桃僵。树木身相代，兄弟还相忘！"这才知晓，原来桃树跟李树是生死之交，就像曾经的我跟礼官。可人啊，走着走着就散了，而今村落里只有桃树没有李树。礼官在外打工，春节也难得归来，只有清明时回。

学校开学快个把星期了，新课本也未曾领到。在教室里屁股坐不住，浑身不自在。什么是自由？自由不是你想干自己想干的事，自由是可以不干自己不想干的事。

下午第一节课，窗外太阳暖暖地晒着，人一舒服便想打瞌睡，眼皮会不由自主地时时来个热情拥抱。语文老师李先生，天生的多愁善感，可能受春色的熏陶，心花怒放诗性大发，摇头晃脑地讲解：去年今日此门中，人面桃花相映红。人面不知何处去，桃花依旧笑春风。四年级的学生，哪懂那份喜悦与牵挂，无奈跟愁绪。

教室里突然安静下来，呼噜声从窗角传来，带有节奏感，"大扁头"正做着春秋大梦。李先生眉头紧皱，张了张嘴却没有发出声来。从粉笔盒里挑出一小节，瞄了瞄，远远地抛向"大扁头"。李先生的粉笔头真有眼睛，准确无误地击中"大扁头"的脑袋，发出"咚"的一声。"大扁头"醒了，嘴角挂着口水，目光呆呆地。学生们捂起了嘴，"咯咯咯"地笑。

　　惊蛰的雷声，敲醒了沉睡的大地。李先生的粉笔头，敲醒了沉睡的我们。其实，他们都是天地间的敲钟人。

　　惊蛰期间，还有件大事。二月二，龙抬头，找建武剃头，雷打不动。为什么二月二要剃头？也许，先辈们希望我们从安逸中醒来，从头开始，迈向新一年艰辛的旅程。

平了春色，

分了昼夜，

分不开的是春光和芬芳，

理不清的是牵挂和思念。

◎ 春分

　　乡村厕所为茅缸，露天大缸，五六只聚集。清晨，男人们蹲在各家缸旁，白花花的屁股朝天，抽香烟，寒暄，裤子一提，丢句：走了。早起的女人们"吭哧吭哧"地端着夜间所用的痰盂，也不避讳，"哗啦"一声倒入茅缸，粪便溅起半尺高。缸边男人半荤半素地发狠，笑呵呵的女人半真半假地嗔怪。

"天，怎么一下子暖和了？""是啊，天怎么一下子就暖和了？"今日裤子一提是一问加一问，只有问题，没有答案。

一下子是时间词吗？大雪严寒，我用心镞花钱，爷爷夸我一下子懂事了。一下子是重量词吗？白露打谷场看电影，好事者故意轻撞，她的脸一下子变得通红。一下子是路程词吗？我去了外婆家一下子，父亲一下子上了街，距离十万八千里。

世间的风，时冷时热，时温时凉，一辈子不能平静。关于一下子的含义和很多事情，谁能真正理得清，分得明，就像人的情感，就像这世间的风。

暖和的后果，很严重。天空澄澈透明，没有云朵，宛若一整块淡蓝色的玻璃，不敢伸手，怕一碰即碎。"大扁头"屋后小树林里的杂树，长着鲜嫩嫩的叶子，铆足着生机。柔和的阳光从绿叶上划过，光芒闪耀。

沿河的朽柳树桩，朝阳的树根处长出一堆木耳。黑黑的，小巧玲珑，像一群小孩子的耳朵。也许木头们知道春天来了，于是竖起耳朵，在静静地聆听春天的脚步声。小木耳炖豆腐，加小葱花，鲜。

池塘边的芦苇们，长得快。一节节地长，两三天一个模样。前些日子湿漉漉的绿芽，现今半人高随风摇曳，好似短衣袖的戏丫环，秀气。长得快的还有菜园的一畦绿韭菜。"夜雨剪春韭"，古人雅致，怕伤了韭菜，用剪刀剪，母亲用小弯刀割。韭菜神奇，割了一茬又长一茬，变魔术似的，永远割不完。我好奇的背后，是母亲从灶膛扒出草木灰，乘夜色撒在韭菜根的忙碌身影。

"雨霁风光，春分天气，千花百卉争明媚。"大地上的各种颜色纷至沓来，色彩斑斓。黄色是自然界最艳丽的色彩，皇家的尊贵色。

油菜花，薄薄的四片花瓣，瓣上有精致的纹路，中间六枚雄蕊，雌蕊一枚。单枝很不显眼，朵朵成簇，枝枝开放，片片成垛，绝对是一种张扬。平视是种风景，站于圩堤远观是种风景，依着幸福大桥的水泥栏杆俯瞰，又是种风景。我曾傻傻地幻想，如果站在飞机上会看到什么景象呢？（有油菜花的地方，肯定有乡村。因为，油菜花是乡村的另一个女儿。）

风，温软。空气中飘着香，绵绵不绝的香，能用嘴巴感受到的香，不用花钱的香呵。花开了，招蜂惹蝶，蝴蝶和蜜蜂忙碌起来。蝴蝶翩翩起舞，女孩们欢天喜地，我们无暇顾及，忙碌于天下头等大事——吃。

蜜蜂"嗡嗡嗡"地飞，逮来两三只放入空墨水瓶，扔上油菜花几株。拧上留着小洞的瓶盖，我们把蜜蜂当母鸡静养。母鸡会生蛋，我们期待蜜蜂生蜜蜂屎。一两天，蜜蜂还嗡嗡地叫，到了第三天就不动了，什么屎也没拉。我们每次都以失败而告终，却不厌其烦地尝试。

那时我们的力气永远用不完，如同昂然好斗的公鸡。茅草屋檐下蜜蜂一只接一只地飞，掰开一根口塞泥土的芦苇。一格一格，黄黄的圆圆的，一层泥土一层蜜蜂屎。恍惚间，你会以为这是人类所为，动物哪有这种技能。动物聪明啊，"好鸟择树而居"，喜鹊垒巢看似杂乱无章，实际布局科学，还充分利用三角形稳定性原理呢。

蜜蜂屎甜，甘甜，有花的清香。粉根说，吃蜜蜂屎一定要闭着眼睛，让它在嘴里慢慢融化，你就会体味到春天的花朵在嘴里盛开的感觉。

外婆院内栽种着两棵梨树，据说是母亲出嫁那年，外公亲手所栽。母亲是他们最小的女儿，也是唯一的女儿。栽树的背后隐藏着什么初衷和秘密？许多版本。

梨花雪白，一朵一朵的令人炫目。陆放翁曰："粉淡香清自一家，未容桃李占年华。"我不关心粉淡香清，只关注梨树什么时候结果实。外婆家的梨树，每年暑期枝头都挂满黄澄澄的水梨。说来好玩，鸭有雌雄，梨有公母。

梨树下有小草垛，是攀登的最佳场所。我常站在草垛上学猴子样眺望，乱七八糟地玄思异想。外婆望见，举起门后的扫帚："乖乖肉，快下来，不下来，打死你。"外婆刀子嘴豆腐心，我咧着大嘴，连滚带爬非常滑稽地滑下来。外婆笑，舒心地笑。同样的扫帚，不同的人，母亲真打，外婆作假，谁对谁错，哪个能分得清呢？

那一年倒春寒，冷雨打窗，梨花一地。外公毫无症状地离世，如同去庄上串门般平常。门在乡村，叫家门，跟家和人融为一体。两扇木头一拴，门内是家，灯火温柔；门外是外，旅人孤寂。出门在外，有时十天半月，有时三年五载。家门永远站在那儿，像守望者，更像守护神。

两张长板凳，两扇卸下的堂屋门，一盏长明灯，燃着香油。当外公头戴黄军帽，穿着一生中最得体的衣服，头南脚北，盖着崭新的被面，孤寂寂地躺在堂屋中间。母亲哭得撕心裂肺，外婆却没有掉一滴眼泪，她瘫坐于黄裱纸上，深瘪的嘴巴不停地念叨："你阿爸走了，不家来了；你阿爸走了，不家来了……"原来当一个人躺在堂屋中间的堂屋门上，他是在向所有人宣布，从今往后将告别这熟识的家门，不再归来。两扇木头，门下是人世，门上是天堂。阴阳相隔，一副门。眼睛一睁一闭，世间关闭多少有形之门，又打开多少无形之门。

外公走了，外婆整日用那混沌的目光，对着房梁喃喃自语："你阿爸来带我了！你阿爸来带我了！"外公真的会来带外婆吗？真的会像当年备花轿船，吹吹打打迎娶外婆吗？七天光阴，外婆也躺在那扇木门上，告别了我们。

小暑时节一场接一场暴雨，狂风围着院内打旋。枝头空寂，散发出苍凉的气息。大寒雪飞，梨树永远失去了绿色，渐渐枯萎。母亲解释，外公外婆舍不下梨树，把它们带走了。

原来牵挂一个地方，是牵挂那方水土和树。树木神灵，一年一圈的年轮，刻录着四季的光阴。它用属于自己的节奏，一步一个脚印，走在通往天空的路上。有时候，我们真的应该向树木学习。

这么多年过去了，

春风在，春雨在，

春天也在，

可故乡不在了。

◎ 清明

一月初一春节，三月初三上巳节，五月初五端午节，七月初七七夕节，九月初九重阳节，它们都是传统的节日，可全不是节气。清明，二十四节气里唯一的自然节气，又是人间节日。

冬至后的第一百零八天便是清明，不晓得这数字有没有某种神秘的寓意，但冬至跟清明乡人们都会烧纸钱祭祖。古代祭祀分天神、地祇、人鬼。天子祭天神和地祇，老百姓只能祭祖先和灶神。

三十多年前，我天真地以为会跟爷爷一样，一辈子生活在一个叫姜家村的小村落，陪伴着日月星辰升起和降落。可事与愿违，我十五岁就在外求学工作，背井离乡。虽然爷爷奶奶也曾进城住过一段短暂的时光，但他们终究落叶归根。

清明，在这个特殊的日子，我把镜头拉回现实！

那个午后，我匆匆忙忙地赶往故乡。家乡的门楣，柳条插之。《齐民要术》里说："取柳枝著户上，百鬼不入家。"原来门上著草木，鬼也退避三舍。

大伯在村口等我。乡村的阳光没有杂质，能嗅到温暖的味道。阳光中的大伯，满头白发，衔根烟。远远地，像株沧桑的老榆树。

大伯没离开过故乡，一辈子仅做了两件事：年轻时当村干部，年迈时做豆腐。世界对他来说，便是村落上空那块安宁的天。哪像我，没混出个人模狗样，就早早地选择了逃离。

大伯眯着眼念叨："回来了，回来了好！去看看你爷爷奶奶，烧些纸钱给他们。"我拆包烟，递给他，他说不要不要，手已伸过来。瞅瞅烟嘴上的字，笑着自言，这么好的烟啊。

村外的东北角，有片临水的地方，人称"河塘地"。跟村庄无路可通，但遥相呼应。风水好，是块福地。因为前有古河流，后有叫唐家的村落。村里人去世后，都安葬于此。

爷爷在世时，昏暗的灯下，就着小鱼虾陪他喝酒。我们从不忌讳死亡的话题，他心若止水，人老了，没什么大不了的事，就是从这村搬到那块地，还是这一帮人。

爷爷一生为农，守着五亩七分地。春种夏耘秋收冬藏，日复一日年复一年，简单又澄明。也许，粮食的收入总是那么微薄，但土地是他永远的希望和寄托。

扛着撑船的竹篙，大伯走在前面。我和妻儿拎着三捆黄裱纸，跟在后面。土埂弯曲，高高低低。一只小船系着木桩，泊在河岸。

四月的乡村，花儿秉持着时辰，次第开放。《尔雅》说，能开花的树木叫做华，能开花的草本植物叫做荣。古人崇拜草木，对草木的理解跟今人迥然不同。绿野一望无垠，生机勃勃。田垄间金黄的油菜花，铺天盖地，有狗在其间发疯地追逐。河堤上粉色的桃花，格外娇娆。枝头不知名的鸟儿欢欣雀跃，嗓门清脆。紫燕在空中敏捷地画着弧线，侧身掠过水面，水晕漾开成圈。

（风景是什么？是人为造作、哗众取宠的造景，是摩肩接踵、人头攒动的拥挤，还是走马观花、过眼云烟的追风？风景是有味道的，它是一种透彻心肺的清爽；风景是有感觉的，它是一种慵懒着亲切的随意；风景更是有色彩的，它点亮着每一个人心底那片渴望的光明。）

静谧的河流，船在水面缓行，两侧水痕呈楔形。水波很小，一荡一荡的，便消失于远方。也许撑船而行，是世间最古老、最缓慢，也是最温馨的行走方式。我听到自己心跳的声音！

大伯有一搭没一搭，询问我关于城市的生活，告知我乡村那些邻里的故事。小船晃晃悠悠，通连着两个村落，两个世界。

"河塘地"比去年又添了些新房，很多旧坟也装饰如新。时代发展之风吹过，土坟已成为历史。

爷爷奶奶的坟茔在村北，外公外婆的坟茔在村南。而今，他们依旧住在一个村。一座座墓碑，如同一块块门牌。那些名字，我如此熟悉。学校门口摆小摊的张志圣，讲三国的白胡老头，买5分钱一节甘蔗给我吃的舅爹爹，跟我一起打玻璃球的小旺……他们一定在跟我点头打招呼，来送钱给你爷爷奶奶了，来望婆爹爹婆奶奶了，老从顺（爷爷）有福啊……

恍惚间有人告诉我，二秃子家的桑树，结出的桑葚快红了；"鼻涕小"又在土堆里捡到两块黄铜板，大清带铜的那种；哎哟哎哟，快回家了，红蜻蜓飞得低要下雨了；裤子开叉了，陪我回家做个证呗，不是跟"大扁头"打架开的……

我看到紫燕梁缘下筑巢，进进入入；麻雀屋檐前争吵，叽叽喳喳。鸡在墙角窝里打盹，狗在巷头巷尾游荡。屋顶升起的炊烟，如召唤的手臂，一缕一缕……

爷爷戴着断腿的老花眼镜，坐在院内，用自己仅识得的一些字读报纸；外公赤裸着上身，用剪子剪他那永远剪不完的胡须；奶奶跟外婆围着一桌，打十公分长两公分宽的纸牌。

童年的我背着黄书包，放晚学后在村里村外疯玩。回到家满头汗，从大水缸里舀一瓢水，咕咚咕咚猛灌。爷爷变魔术似的，塞给我一块糖。兴奋之余，在手心把玩，舍不得吃。忍不住了，撕开糖纸，舔一舔。糖终于放进嘴里后，不肯用牙齿咀嚼，让它慢慢融化。

妻子推了我一把，快磕头！我怔怔地回归现实。好久没有这样畅快淋漓地回忆了。原来，我的记忆还未消失殆尽。

分手时，大伯留我吃晚饭。我说，手头上还有事，回了。大伯也没怎么挽留，好像早已晓得结果。他递给我一小方便袋螺螺和马兰头说道，螺螺是我大妈前天起大早去茅山河摸的，有肉；马兰头掐的自留地里靠河边的。大伯的语气跟当年用红纸条包压岁钱一样柔软，我的眼角顿时酸起来。

这些年，我一直在奔跑，为了所谓的事业。多久没回到乡村走走，多久没陪爹妈唠唠嗑了，多久没带妻儿去拥抱春天了，多久没拾起曾经喜爱的文字了……还恬不知耻地为自己找来一百种理由。

我们在欲望之网中痛苦地挣扎，越陷越深。也许慢下来，天地便豁然开朗，人间清洁明净。也许慢下来，我们的灵魂就如从前一样：饥了吃饭，困来眠……

风打个喷嚏，

花儿便落了。

记得那个下雨天，

感念那个讲故事的人。

◎ 谷雨

天上有乱云，浅灰色。雨丝不紧不慢地飘，三四天了。雨丝有多大？牛毛大。那牛毛又有多大呢？在雨中玩耍，无非头发有些潮，想打湿衣服很难。

牛毛这东西在乡村可是个玄乎物啊，众说纷纭。李先生形容"九牛一毛"，说牛毛不值钱，连根针线都换不到。可大伯说人生处世要讲个理，有理牵走老牛不要钱，无理拔根牛毛会拼命。牛毛到底重不重要，成年人的世界永远说不清。

下雨的日子，教室昏暗，上课迷迷糊糊，昏昏欲睡，时间好似停止。放学的路上，我总不由自主地喜欢歪头，斜视着天空，幻想着满世界落牛毛会是个什么景象。"大扁头"背后取笑我，夏小满得了斜头病，走路没个正样。巷子里斜头走路的还有芦花鸡，走路不走直线，头一愣一愣的，也没个正样。

"大扁头"屋后的小树林，洋槐和苦楝树长势非常旺，湿气重，阴森森的。柳絮乱飞，让人顿生鸡皮疙瘩，背后冰凉。一个人在树林里捏紧拳头，我发誓如果碰到"大扁头"，定如恶狗般扑上去。算他命大。

电视里说，人只要活在江湖，就会拥有朋友和敌人。可人世间，哪有永远的朋友和敌人。多年后的小县城，一段时间我常跟"大扁头"对饮，难兄难弟喝得糊里糊涂。

爷爷蹲于屋檐下，慢条斯理地抽烟。烟成团，散得慢。

他用右手在空气中抓了一把，放在鼻子底下嗅嗅，咂咂嘴，好像逮着什么好吃的东西，一副很舒服的模样。自言自语："明天该泡稻种了。"我也张开双手乱抓一阵，什么也没有。舔舔手心，一股咸汗味。

养儿留根，种地留种。饱满的稻谷种子，金黄金黄的，小心翼翼地装入蛇皮袋。扎紧口袋，绳索一头系在水泥船船沿上。蛇皮袋像头小猪，"扑通"一声沉入水中。水里可不是一头小猪，很多头。

小猪们在春水温暖的怀抱，游啊游。游累了，半沉半浮。乡亲们欢心，比捞起一群游泳的鱼还欢心。每年都有顽皮的小猪，乘着夜色游得不见踪迹。

种子长出一个个小芽，宛如一张张小嘴，可爱极了。种子壁硬，它是如何破壳、如何冒出嫩芽，也许只有种子自己知道。

种子坚强，光阴之中它用耐心和执着，演绎着适者生存的信仰。种子是神灵，撒向平整肥沃的秧田，它们开始改变着世界，延续着生命。曾有人问，希望是什么样的色彩？我理直气壮地说，像稻谷一样的金黄。

谷雨前后，粉根整日整日待在园田里不肯家去。有好事者跟他打趣："粉根啊，粉根啊，你别园田忙得凶，你把家里的田也要盘盘。"粉根像没有耳朵似的，不搭理。但他的园田确实好看，一垄垄一行行，横平竖直，如同我们写数学作业的本子。松软湿润的泥土，被他一遍一遍地翻耕耘土，弥漫着淡淡的鸡屎味。

顶斗笠，披雨衣，粉根握一柄小锹，翘着兰花指，刨着小坑。把瓜种豆种"点"入，细心覆盖层薄土。水瓜、菜瓜、扁豆、豇豆……各式各样的种子，好多我们见都没见过。这些种子在粉根眼里全是宝，精挑细选的宝。粉根的种子值钱了，一粒难求，据传从不让粉根嫂沾手。迷信说女人的手阴气重，一不小心就会伤了种子。

粉根嫂胖了许多，小肚子上明显有了肉，扭着圆滚滚的屁股，站在村口的大路旁，声音有点急躁："粉根粉根家来吃中饭，下晚再摸啊！"

打水机塘里有鱼，我们卷起裤脚摸鱼。瓜爹爹田里瓜多，我们匍匐前行摸瓜。挑糖担厚布袋内的彩色玻璃球，我们眼睛一闭摸彩。摸，在乡村是个感情色彩丰富的动词。

粉根的园田除了土，他成天摸什么呢？我们不解。粉根摇头晃脑地解说，谷雨前后一场雨，胜过秀才中了举，泥土是门深奥的学问，孺子不懂乎。我们怀疑粉根前世肯定是个穷秀才，只会"盘园田"的秀才。

下午学生们你追我打，嘻嘻哈哈地背着书包上学了，粉根还没吃中饭。他头抬也不抬，神圣又虔诚地刨坑，丢种子。有时两三粒，有时四五粒，好像在绣花，多一针少一线都行不通，一副胜券在握的样子。他哪像在种种子，是在种下一个个希望，一个个梦。

"鼻涕小"们闲不住，在吵架，用嘴巴吵，还没急到动手的程度。"鼻涕小"头一斜，没有天上的雨，就没有河里的水。要喝水，下河口挑。

雨是天上的，雨是公家的，又不是你家的。我等我的，你管不着。有人反驳。（原来有人仰头朝天，张嘴等雨。）

偷懒的人就不是好人。

你才不是好人。

"叮""叮""叮"，上课的预备铃声响起，"鼻涕小"们个个拍拍屁股，撒脚往学校直奔。

没有播种和耕耘，哪里谈收获和丰收。不劳而获，庄上没人欢喜这个词，就连呆国庆也晓得。乡亲送碗肉饭给他，他会把碗洗得干干净净的送回。屁颠屁颠地主动要帮干活，可哪有他做的活计啊。最后他实在没办法，等你外出守在你家门口坐半天，笑嘻嘻地帮你看门口，像条忠实快乐的狗。

种瓜得瓜，种豆得豆，连三岁小孩子也懂得的道理。但当今社会上，许多人喜欢走捷径。不再谈论付出多少艰苦，不再回顾经历多少磨难，忘记等待的煎熬，失去平凡的感恩。把所谓的成功不归集于自身的努力和勤奋。

一个春天不忙碌播种的人，不应该有一个收获的秋天。一个虚度青春的人，不值得拥有一个灿烂的人生。

张潮在《幽梦影》中说："春听鸟声，夏听蝉声，秋听虫声，冬听雪声……方不虚生此耳。"鹁鸪的鸣唱从天际传来，断断续续，从我们的头顶划过。"咕咕咕——咕，咕咕咕——咕。"可能微雨的缘故，格外婉转，长长的尾音让学校更显得空旷。它在鸣唱什么呢？有一种说不出来的况味，一下子涌上心头，空荡荡的。

空荡荡的还有我们的肚皮。空气中飘散着槐香，淡淡的。槐花一串串一簇簇，挂于枝头，青白色。我们一直不认为它是花，而当它是果，因为它能吃。几朵槐花放入口中，有点苦有点甜，清香味。爷爷说，很久很久以前没有吃的辰光，槐花救了庄上许多人的命。

后来听到童谣："槐树橼子槐树梁，坐的凳子睡的床。春荒口粮接不上，朵朵槐花都是娘……"我总会念起爷爷的故事，关于谷与雨、谦与卑、生与死的故事。

很久很久以前，有多久？也许"谷"知晓，也许"雨"知晓，但那个讲故事的人，在时光碎片之中，渐行渐远，走入很久。千年之后，故事还是那个故事吗？百年之后，谁又记得谁？

感念怜悯众生的谷，感念厚爱万物的雨，感念生命中那些值得感念的人！